CONTES FANTASTIQUES
ET FACÉTIEUX

Ces *Contes fantastiques* et *facétieux* (titre de l'éditeur) ont été traduits par Frédéric Baudry (1875).

GRIMM

CONTES FANTASTIQUES
ET FACÉTIEUX

PRÉFACE

Né à Hanau (Hesse) le 4 janvier 1785, Jacob Grimm, tôt orphelin, doit s'occuper, en tant qu'aîné, de ses cinq frères et sœurs (dont Wilhelm). Fonctionnaire, il est envoyé, en 1815, récupérer à Paris (où il a fait une partie de ses études) des livres et des manuscrits dérobés par les armées de Napoléon. Bibliothécaire dans diverses villes allemandes, il est destitué en 1837 pour avoir protesté contre un coup d'État du roi de Hanovre. Il vit alors avec son frère Wilhelm, jusqu'à leur nomination, en 1841, à l'académie des Sciences de Berlin.

Wilhelm Grimm, né le 14 février 1786, vit dans l'ombre de son frère. Il est son adjoint dans ses postes de bibliothécaire, jusqu'à leur démission. Il entreprend alors une carrière universitaire. Plus effacé que Jacob, c'est lui qui rédige les contes que son frère aîné recueille dans d'anciennes chroniques. Les deux frères étudient scientifiquement le folklore, les légendes et la tradition orale de peuples germaniques. Des études qui les amènent à réécrire les contes sortis de l'oubli, mais aussi des ouvrages de grammaire et de langue allemandes.

Les *Contes*, rassemblés à partir de 1806, commencent à paraître de 1812 à 1814 : le succès est immédiat dans toute l'Europe. Les frères Grimm ont créé un genre littéraire qui va être souvent imité, notamment par Alexandre Dumas.

Wilhelm meurt à Berlin le 16 décembre 1859 ; Jacob lui survit jusqu'au 20 septembre 1863.

L'HOMME À LA PEAU D'OURS

Il était un jeune homme qui s'engagea dans l'armée : il s'y conduisit bravement, toujours le premier devant les balles. Tout alla bien pendant la guerre ; mais quand la paix fut conclue, il reçut son congé, et son capitaine lui dit d'aller où il voudrait. Ses parents étaient morts, il n'avait plus de domicile ; il pria ses frères de le recevoir jusqu'à ce que la guerre recommençât. Mais ils avaient des cœurs durs, et ils lui répondirent qu'ils ne pouvaient rien pour lui, qu'il n'était propre à rien, et que c'était à lui à se tirer d'affaire. Le pauvre garçon ne possédait que son fusil ; il le mit sur son épaule et s'en fut au hasard.

Il atteignit une grande lande sur laquelle on ne voyait rien qu'un cercle d'arbres. Là il s'assit à l'ombre en pensant tristement à son sort : « Je n'ai pas d'argent ; je n'ai jamais appris d'autre métier que celui de la guerre, et, maintenant que la paix est faite, je ne suis plus bon à rien ; je vois bien qu'il faut que je meure de faim. »

En même temps il entendit du bruit, et, levant les yeux, il aperçut devant lui un inconnu, tout de vert habillé, assez richement mis, mais ayant un affreux pied de cheval. « Je sais ce qu'il te faut, dit l'étranger, c'est de l'argent ; tu en auras autant que tu en pourras porter ; mais auparavant je veux m'assurer si tu n'as pas peur, car je ne donne rien aux poltrons.

— Soldat et poltron, répondit l'autre, sont deux mots qui ne vont pas ensemble. Tu peux me mettre à l'épreuve.

« — Eh bien donc, reprit l'étranger, regarde derrière toi. »

Le soldat, se retournant, vit un ours énorme qui courait sur lui en grondant. « Oh ! oh ! s'écria-t-il, je vais te chatouiller le nez et te faire perdre l'envie de grogner. » Et, le couchant en joue, il l'atteignit au museau ; l'ours tomba mort sur le coup.

« Je vois, dit l'étranger, que tu ne manques pas de courage ; mais tu dois remplir encore d'autres conditions.

— Rien ne m'arrêtera, dit le soldat qui voyait bien à qui il avait à faire, pourvu que mon salut éternel ne soit pas compromis.

— Tu en jugeras toi-même, répliqua l'homme. Pendant sept ans tu ne devras ni te laver, ni te peigner la barbe et les cheveux, ni te couper les ongles, ni faire ta prière. Je vais te donner un habit et un manteau que tu porteras pendant tout ce temps. Si tu meurs dans cet intervalle, tu m'appartiendras ; si tu vis au-delà de sept ans, tu seras libre et riche pour toute la vie. »

Le soldat songea à la grande misère à laquelle il était réduit ; lui qui avait tant de fois affronté la mort, il pouvait bien se risquer cette fois encore : il accepta. Le diable ôta son habit vert et le lui donna en disant : « Tant que tu porteras cet habit, en mettant la main à la poche, tu en tireras toujours une poignée d'or. » Puis, après avoir dépouillé l'ours de sa peau, il ajouta : « Ceci sera ton manteau et aussi ton lit, car tu n'en devras pas avoir d'autre. Et à cause de ce vêtement on t'appellera Peau-d'Ours. » Là-dessus le diable disparut.

Le soldat passa l'habit, et, mettant la main dans sa poche, il trouva que le diable ne l'avait pas trompé. Il endossa aussi la peau d'ours et se mit à parcourir le monde, se donnant du bon temps, ne se refusant rien de ce qui fait engraisser les gens et maigrir leur bourse. La première année, il était encore passable, mais la seconde, il avait déjà l'air d'un monstre. Ses cheveux lui couvraient presque entièrement la face, sa barbe était emmêlée et comme feutrée, et son visage tellement couvert de crasse que, si on y avait semé de l'herbe, elle aurait levé. Il faisait fuir tout le monde. Mais cependant, comme il donnait à tous les pauvres en leur demandant de prier Dieu pour qu'il ne mourût pas dans les sept ans, et comme il parlait en homme de bien, il trouvait toujours un gîte.

La quatrième année, il entra dans une auberge, où l'hôte ne voulait pas le recevoir, même dans l'écurie de peur qu'il n'effarouchât les chevaux. Mais Peau-d'Ours ayant tiré de sa poche une poignée de ducats, l'hôte se laissa gagner et lui donna une chambre sur la cour de derrière, à condition qu'il ne se laisserait pas voir, pour ne pas perdre de réputation l'établissement.

Un soir, Peau-d'Ours était assis dans sa chambre, souhaitant de tout cœur le fin des sept années, quand il entendit quelqu'un pleurer dans la chambre à côté. Comme il avait bon cœur, il ouvrit la porte et vit un vieillard qui sanglotait en tenant sa tête entre ses mains. Mais en voyant entrer Peau-d'Ours, l'homme, effrayé, voulut se sauver. Enfin il se calma en entendant une voix humaine qui lui parlait, et Peau-d'Ours finit, à force de paroles amicales, par lui faire raconter la cause de son chagrin. Il avait perdu toute sa fortune, et était réduit avec ses filles à une telle misère qu'il ne pouvait payer l'hôte et qu'on allait le mettre en prison. « Si vous n'avez pas d'autre souci, lui dit Peau-d'Ours, j'ai assez d'argent pour vous tirer de là. » Et ayant fait venir l'hôte, il le paya et donna encore au malheureux une forte somme pour ses besoins.

Le vieillard ainsi délivré ne savait comment témoigner sa reconnaissance. « Viens avec moi, dit-il ; mes filles sont des merveilles de beauté ; tu en choisiras une pour ta femme. Elle ne s'y refusera pas quand elle saura ce que tu viens de faire pour moi. À la vérité tu as l'air un peu bizarre, mais une femme t'aura bientôt reformé. »

Peau-d'Ours consentit à accompagner le vieillard. Mais quand l'aînée aperçut cet horrible visage, elle fut si épouvantée qu'elle s'enfuit en poussant des cris. La seconde le considéra de pied ferme et le toisa de la tête aux pieds, mais elle lui dit : « Comment accepter un mari qui n'a pas figure humaine ? J'aimerais mieux cet ours rasé que j'ai vu un jour à la foire, et qui était habillé comme un homme, avec une pelisse de hussard et des gants blancs. Au moins il n'était que laid ; on pouvait s'y accoutumer. »

Mais la plus jeune dit : « Cher père, ce doit être un brave homme, puisqu'il nous a secourus ; vous lui avez promis une femme : il faut faire honneur à votre parole. » Malheureusement, le visage de Peau-d'Ours était couvert de poil et de crasse ; sans cela on eût pu y voir briller la joie qui épanouit son cœur quand il entendit ces paroles. Il prit un anneau à son doigt, le brisa en deux et en donna une moitié à sa fiancée, en lui recommandant de la bien conserver pendant qu'il gardait l'autre. Dans la moitié qu'il donnait, il inscrivit son propre nom, et celui de la jeune fille dans celle qu'il gardait pour lui. Puis il prit congé d'elle en disant : « Je vous quitte pour trois ans. Si je reviens, nous nous marierons ; mais si je ne reviens pas, c'est que je serai mort, et vous serez libre. Priez Dieu qu'il me conserve la vie. »

La pauvre fiancée prit le deuil, et les larmes lui venaient aux yeux quand elle pensait à son fiancé. Ses sœurs l'accablaient des plaisanteries les plus désobligeantes. « Prends bien garde, disait l'aînée, quand tu lui donneras ta main, qu'il ne t'écorche avec sa patte.

— Méfie-toi, ajoutait la seconde, les ours aiment les douceurs ; si tu lui plais, il te croquera.

— Il te faudra toujours faire sa volonté, reprenait l'aînée ; autrement, gare les grognements.

— Mais, ajoutait encore la seconde, le bal de noces sera gai : les ours dansent bien. »

La pauvre fille laissait dire ses sœurs sans se fâcher. Quant à l'homme à la peau d'ours, il errait toujours dans le monde, faisant du bien tant qu'il pouvait et donnant généreusement aux pauvres, afin qu'ils priassent pour lui.

Enfin, quand le dernier jour des sept ans fut arrivé, il retourna à la lande et se mit dans le cercle des arbres. Un grand vent s'éleva, et le diable ne tarda pas à paraître avec un air courroucé ; il jeta au soldat ses vieux vêtements et lui redemanda son habit vert. « Un instant, dit Peau-d'Ours, il faut d'abord que tu me nettoies. » Le diable fut forcé, bien malgré lui, d'aller chercher de l'eau, de laver

Peau-d'Ours, de lui peigner les cheveux et de lui couper les ongles. L'homme reprit l'air d'un brave soldat, beaucoup plus beau qu'il n'avait été auparavant.

Peau-d'Ours se sentit soulagé d'un grand poids quand le diable fut parti sans le tourmenter autrement. Il retourna à la ville, endossa un magnifique habit de velours, et, montant dans une voiture traînée par quatre chevaux blancs, il se fit conduire chez sa fiancée. Personne ne le reconnut ; le père le prit pour un officier supérieur, et le fit entrer dans la chambre où étaient ses filles. Les deux aînées le firent asseoir entre elles ; elles lui servirent un repas délicat, en déclarant qu'elles n'avaient jamais vu un si beau cavalier. Quant à sa fiancée, elle était assise en face de lui avec ses vêtements noirs, les yeux baissés et sans dire un mot. Enfin le père lui demanda s'il voulait épouser une de ses filles ; les deux aînées coururent dans leur chambre pour faire toilette, car chacune d'elles s'imaginait qu'elle était la préférée.

L'étranger, resté seul avec sa fiancée, prit la moitié d'anneau qu'il avait dans sa poche, et la jeta au fond d'un verre de vin qu'il lui offrit. Quand elle eut bu et qu'elle aperçut ce fragment au fond du verre, le cœur lui tressaillit. Elle saisit l'autre moitié qui était suspendue à son cou, la rapprocha de la première, et toutes les deux se rejoignirent exactement. Alors il lui dit : « Je suis ton fiancé bien-aimé, que tu as vu sous une peau d'ours ; maintenant, par la grâce de Dieu, j'ai recouvré ma figure humaine, et je suis purifié de mes souillures. »

Et, la prenant dans ses bras, il l'embrassa étroitement. En même temps les deux sœurs rentraient en grand costume ; mais, quand elles virent que ce beau jeune homme était pour leur sœur et que c'était l'homme à la peau d'ours, elles s'enfuirent, pleines de dépit et de colère : la première alla se noyer dans un puits, et la seconde se pendit à un arbre.

Le soir on frappa à la porte, et le fiancé, allant ouvrir, vit le diable en habit vert qui lui dit : « Eh bien ! j'ai perdu ton âme, mais j'en ai gagné deux autres. »

LES TROIS FILEUSES

Il était une jeune fille paresseuse qui ne voulait pas filer. Sa mère avait beau se mettre en colère, elle n'en pouvait rien tirer. Un jour elle en perdit tellement patience qu'elle alla jusqu'à lui donner des coups, et la fille se mit à pleurer tout haut. Justement la reine passait par là ; en entendant les pleurs, elle fit arrêter sa voiture, et, entrant dans la maison, elle demanda à la mère pourquoi elle frappait sa fille si durement que les cris de l'enfant s'entendaient jusque dans la rue. La femme eut honte de révéler la paresse de sa fille, et elle dit : « Je ne peux pas lui ôter son fuseau ; elle veut toujours et sans cesse filer, et dans ma pauvreté je ne peux pas suffire à lui fournir du lin. »

La reine répondit : « Rien ne me plaît plus que la quenouille ; le bruit du rouet me charme ; donnez-moi votre fille dans mon palais ; j'ai du lin en quantité ; elle y filera tant qu'elle voudra. » La mère y consentit de tout son cœur, et la reine emmena la jeune fille.

Quand on fut arrivé au palais, elle la conduisit dans trois chambres qui étaient remplies du plus beau lin depuis le haut jusqu'en bas. « File-moi tout ce lin, lui dit-elle, et quand tout sera fini, je te ferai épouser mon fils aîné. Ne t'inquiète pas de ta pauvreté, ton zèle pour le travail te sera une dot suffisante. »

La jeune fille ne dit rien, mais intérieurement elle était consternée ; car eût-elle travaillé pendant trois cents ans sans s'arrêter, depuis le matin jusqu'au soir, elle ne serait pas venue à bout de ces énormes tas d'étoupe. Quand elle fut seule, elle se mit à pleurer, et resta ainsi trois jours sans faire œuvre de ses doigts. Le troisième jour, la reine vint la visiter ; elle fut fort étonnée en voyant qu'il n'y avait rien de fait ; mais la jeune fille s'excusa en alléguant son chagrin d'avoir quitté sa mère. La reine voulut bien se contenter de cette raison ; mais elle dit en s'en allant : « Allons, il faut commencer demain à travailler. »

Quand la jeune fille se retrouva seule, ne sachant plus que faire, dans son trouble, elle se mit à la fenêtre, et elle vit venir à elle trois femmes, dont la première avait un grand pied plat ; la deuxième une lèvre inférieure si grande et si tombante qu'elle couvrait et dépassait le menton ; et la troisième, un pouce large et aplati. Elles se plantèrent devant la fenêtre, les yeux tournés vers la chambre, et demandèrent à la jeune fille ce qu'elle voulait. Elle leur conta ses chagrins ; les trois femmes lui offrirent de l'aider. « Si tu nous promets, lui dirent-elles, de nous inviter à ta noce, de nous nommer tes cousines sans rougir de nous, et de nous faire asseoir à ta table, nous allons te filer ton lin, et ce sera bientôt fini.

— De tout mon cœur, répondit-elle ; entrez, et commencez tout de suite. »

Elle introduisit ces trois singulières femmes et débarrassa une place dans la première chambre pour les installer ; elles se mirent à l'ouvrage. La première filait l'étoupe et faisait tourner le rouet ; la deuxième mouillait le fil ; la troisième le tordait et l'appuyait sur la table avec son pouce, et, à chaque coup de pouce qu'elle donnait, il y avait par terre un écheveau de fil le plus fin. Chaque fois que la reine entrait, la jeune fille cachait ses fileuses et lui montrait ce qu'il y avait de travail de fait, et la reine n'en revenait pas d'admiration. Quand la première chambre fut vidée, elles passèrent à la deuxième, puis à la troisième, qui fut bientôt terminée aussi. Alors les trois femmes s'en allèrent en disant à la jeune fille : « N'oublie pas ta promesse ; tu t'en trouveras bien. »

Lorsque la jeune fille eut montré à la reine les chambres vides et le lin filé, on fixa le jour des noces. Le prince était ravi d'avoir une femme si habile et si active, et il l'aimait avec ardeur. « J'ai trois cousines, dit-elle, qui m'ont fait beaucoup de bien, et que je ne voudrais pas négliger dans mon bonheur ; permettez-moi de les inviter à ma noce et de les faire asseoir à notre table. »

La reine et le prince n'y virent aucun empêchement. Le jour de la fête, les trois femmes arrivèrent en équipage magnifique, et la mariée leur dit : « Chères cousines, soyez les bienvenues.

— Ah ! lui dit le prince, tu as là des parentes bien laides. »

Puis s'adressant à celle qui avait le pied plat, il lui dit : « D'où vous vient ce large pied ?

— D'avoir fait tourner le rouet, répondit-elle, d'avoir fait tourner le rouet. »

À la deuxième : « D'où vous vient cette lèvre pendante ?

— D'avoir mouillé le fil, d'avoir mouillé le fil. »

Et à la troisième : « D'où vous vient ce large pouce ?

— D'avoir tordu le fil, d'avoir tordu le fil. »

Le prince, effrayé de cette perspective, déclara que jamais dorénavant sa belle épouse ne toucherait à un rouet, et ainsi elle fut délivrée de cette odieuse occupation.

LES TROIS CHEVEUX D'OR DU DIABLE

Il était une fois une pauvre femme qui mit au monde un fils, et comme il était coiffé quand il naquit, on lui prédit que, dans sa quatorzième année, il épouserait la fille du roi.

Sur ces entrefaites, le roi passa par le village, sans que personne le reconnût ; et comme il demandait ce qu'il y avait de nouveau, on lui répondit qu'il venait de naître un enfant coiffé, que tout ce qu'il entreprendrait lui réussirait, et qu'on lui avait prédit que, lorsqu'il aurait 14 ans, il épouserait la fille du roi.

Le roi avait un mauvais cœur, et cette prédiction le fâcha. Il alla trouver les parents du nouveau-né, et leur dit d'un air tout amical : « Vous êtes de pauvres gens, donnez-moi votre enfant, j'en aurai bien soin. » Ils refusèrent d'abord ; mais l'étranger leur offrit de l'or, et ils se dirent : « Puisque l'enfant est né coiffé, ce qui arrive est pour son bien. » Ils finirent par consentir et par livrer leur fils.

Le roi le mit dans une boîte, et chevaucha avec ce fardeau jusqu'au bord d'une rivière profonde où il le jeta, en pensant qu'il délivrerait sa fille d'un galant sur lequel elle ne comptait guère. Mais la boîte, loin de couler à fond, se mit à flotter comme un petit batelet, sans qu'il entrât dedans une seule goutte d'eau ; elle alla ainsi à la dérive jusqu'à deux lieues de la capitale, et s'arrêta contre l'écluse d'un moulin. Un garçon meunier qui se trouvait là par bonheur l'aperçut et l'attira avec un croc ; il s'attendait, en l'ouvrant, à y trouver de grands trésors : mais c'était un joli petit garçon, frais et éveillé. Il le porta au moulin ; le meunier et sa femme, qui n'avaient pas d'enfants, reçurent celui-là comme si Dieu le leur eût envoyé. Ils traitèrent de leur mieux le petit orphelin, qui grandit chez eux en forces et en bonnes qualités.

Un jour, le roi, surpris par la pluie, entra dans le moulin et demanda au meunier si ce grand jeune homme était son fils. « Non, sire, répondit-il : c'est un enfant trouvé qui est venu dans une boîte échouer contre notre écluse, il y a quatorze ans ; notre garçon meunier l'a tiré de l'eau. »

Le roi reconnut alors que c'était l'enfant né coiffé qu'il avait jeté à la rivière. « Bonnes gens, dit-il, ce jeune homme ne pourrait-il pas porter une lettre de ma part à la reine ? Je lui donnerais deux pièces d'or pour sa peine.

— Comme Votre Majesté l'ordonnera », répondirent-ils ; et ils dirent au jeune homme de se tenir prêt. Le roi écrivit à la reine une lettre où il lui mandait de se saisir du messager, de le mettre à mort et de l'enterrer, de façon à ce qu'il trouvât la chose faite à son retour.

Le garçon se mit en route avec la lettre, mais il s'égara et arriva le soir dans une grande forêt. Au milieu des ténèbres, il aperçut de loin une faible lumière, et, se dirigeant de ce côté, il atteignit une petite maisonnette où il trouva une vieille femme assise près du feu. Elle parut toute surprise de voir le jeune homme et lui dit : « D'où viens-tu et que veux-tu ?

— Je viens du moulin, répondit-il ; je porte une lettre à la reine ; j'ai perdu mon chemin, et je voudrais bien passer la nuit ici.

— Malheureux enfant, répliqua la femme, tu es tombé dans une maison de voleurs, et, s'ils te trouvent ici, c'est fait de toi.

— À la grâce de Dieu ! dit le jeune homme, je n'ai pas peur ; et, d'ailleurs, je suis si fatigué qu'il m'est impossible d'aller plus loin. »

Il se coucha sur un banc et s'endormit. Les voleurs rentrèrent bientôt après, et ils demandèrent avec colère pourquoi cet étranger était là. « Ah ! dit la vieille, c'est un pauvre enfant qui s'est égaré dans le bois ; je l'ai reçu par compassion. Il porte une lettre à la reine. »

Les voleurs prirent la lettre pour la lire, et virent qu'elle enjoignait de mettre à mort le messager. Malgré la dureté de leur cœur, ils eurent pitié du pauvre diable ; leur capitaine déchira la lettre, et en mit une autre à la place, qui enjoignait qu'aussitôt que le jeune homme arriverait, on lui fît immédiatement épouser la fille du roi. Puis les voleurs le laissèrent dormir sur son banc jusqu'au matin, et, quand il fut éveillé, ils lui remirent la lettre et lui montrèrent son chemin.

La reine, ayant reçu la lettre, exécuta ce qu'elle contenait : on fit des noces splendides ; la fille du roi épousa l'enfant né coiffé, et, comme il était beau et aimable, elle fut enchantée de vivre avec lui.

Quelque temps après, le roi revint dans son palais, et trouva que la prédiction était accomplie et que l'enfant né coiffé avait épousé sa fille. « Comment cela s'est-il fait ? dit-il ; j'avais donné dans ma lettre un ordre tout différent. » La reine lui montra la lettre, et lui dit qu'il pouvait voir ce qu'elle contenait. Il la lut et vit bien qu'on avait changé la sienne.

Il demanda au jeune homme ce qu'était devenue la lettre qu'il lui avait confiée, et pourquoi il en avait remis une autre. « Je n'en sais rien, répliqua celui-ci ; il faut qu'on l'ait changée la nuit, quand j'ai couché dans la forêt. »

Le roi en colère lui dit : « Cela ne se passera pas ainsi. Celui qui prétend à ma fille doit me rapporter de l'enfer trois cheveux d'or de la tête du diable. Rapporte-les-moi, et ma fille t'appartiendra. » Le roi espérait bien qu'il ne reviendrait jamais d'une pareille commission.

Le jeune homme répondit : « Le diable ne me fait pas peur ; j'irai chercher les trois cheveux d'or. » Et il prit congé du roi et se mit en route.

Il arriva devant une grande ville. À la porte, la sentinelle lui demanda quel était son état et ce qu'il savait :

« Tout, répondit-il.

— Alors, dit la sentinelle, rends-nous le service de nous apprendre pourquoi la fontaine de notre marché, qui nous donnait toujours du vin, s'est desséchée et ne fournit même plus d'eau.

— Attendez, répondit-il, je vous le dirai à mon retour. »

Plus loin, il arriva devant une autre ville. La sentinelle de la porte lui demanda son état et ce qu'il savait.

« Tout, répondit-il.

— Rends-nous alors le service de nous apprendre pourquoi le grand arbre de notre ville, qui nous rapportait des pommes d'or, n'a plus même de feuilles.

— Attendez, répondit-il, je vous le dirai à mon retour. »

Plus loin encore il arriva devant une grande rivière qu'il s'agissait de passer. Le passager lui demanda son état et ce qu'il savait.

Tout, répondit-il.

— Alors, dit le passager, rends-moi le service de m'apprendre si je dois toujours rester à ce poste, sans jamais être relevé.

— Attends, répondit-il, je te le dirai à mon retour. »

De l'autre côté de l'eau, il trouva la bouche de l'enfer. Elle était noire et enfumée. Le diable n'était pas chez lui ; il n'y avait que son hôtesse, assise dans un large fauteuil. « Que demandes-tu ? lui dit-elle d'un ton assez doux.

— Il me faut trois cheveux d'or de la tête du diable, sans quoi je n'obtiendrai pas ma femme.

— C'est beaucoup demander, dit-elle, et si le diable t'aperçoit quand il rentrera, tu passeras un mauvais quart d'heure. Cependant tu m'intéresses, et je vais tâcher de le venir en aide. »

Elle le changea en fourmi et lui dit : « Monte dans les plis de ma robe ; là tu seras en sûreté.

— Merci, répondit-il, voilà qui va bien ; mais j'aurais besoin en outre de savoir trois choses : pourquoi une fontaine qui versait toujours du vin ne fournit même plus d'eau ; pourquoi un arbre qui portait des pommes d'or n'a plus même de feuilles ; et si un certain passager doit toujours rester à son poste sans jamais être relevé.

— Ce sont trois questions difficiles, dit-elle ; mais tiens-toi bien tranquille, et sois attentif à ce que le diable dira quand je lui arracherai les trois cheveux d'or. »

Quand le soir arriva, le diable revint chez lui. À peine était-il entré qu'il remarqua une odeur extraordinaire. « Il y a du nouveau ici, dit-il ; je sens la chair humaine. » Et il alla fureter dans tous les coins, mais sans rien trouver. L'hôtesse lui chercha querelle : « Je viens de balayer et de ranger, dit-elle, et tu vas tout bouleverser ici, tu crois toujours sentir la chair humaine. Assieds-toi et mange ton souper. »

Quand il eut soupé, il était fatigué ; il posa sa tête sur les genoux de son hôtesse, et lui dit de lui chercher un peu les poux ; mais il ne tarda pas à s'endormir et à ronfler. La vieille saisit un cheveu d'or, l'arracha et le mit de côté. « Hé, s'écria le diable, qu'as-tu donc fait ?

— J'ai eu un mauvais rêve, dit l'hôtesse, et je t'ai pris par les cheveux.

— Qu'as-tu donc rêvé ? demanda le diable.

— J'ai rêvé que la fontaine d'un marché, qui versait toujours du vin, s'était arrêtée et qu'elle ne donnait plus même d'eau ; quelle en peut être la cause ?

— Ah ! si on le savait ! répliqua le diable : il y a un crapaud sous une pierre dans la fontaine ; on n'aurait qu'à le tuer, le vin recommencerait à couler. »

L'hôtesse se remit à lui chercher les poux ; il se rendormit et ronfla de façon à ébranler les vitres. Alors elle lui arracha le deuxième cheveu. « Heu ! que fais-tu ? s'écria le diable en colère.

— Ne t'inquiète pas, répondit-elle, c'est un rêve que j'ai fait.

— Qu'as-tu rêvé encore ? demanda-t-il.

— J'ai rêvé que dans un pays il y a un arbre qui portait toujours des pommes d'or, et qui n'a plus même de feuilles ; quelle en pourrait être la cause ?

— Ah ! si on le savait ! répliqua le diable : il y a une souris qui ronge la racine ; on n'aurait qu'à la tuer, il reviendrait des pommes d'or à l'arbre ; mais si elle continue à la ronger, l'arbre mourra tout à fait. Maintenant laisse-moi en repos avec tes rêves. Si tu me réveilles encore, je te donnerai un soufflet. »

L'hôtesse l'apaisa et se remit à lui chercher ses poux jusqu'à ce qu'il fût rendormi et ronflant. Alors elle saisit le troisième cheveu d'or et l'arracha. Le diable se leva en criant et voulait la battre ; elle le radoucit encore en disant : « Qui peut se garder d'un mauvais rêve ?

— Qu'as-tu donc rêvé encore ? demanda-t-il avec curiosité.

— J'ai rêvé d'un passager qui se plaignait de toujours passer l'eau avec sa barque, sans que personne le remplaçât jamais.

— Hé ! le sot ! répondit le diable : le premier qui viendra pour passer la rivière, il n'a qu'à lui mettre sa rame à la main, il sera libre et l'autre sera obligé de faire le passage à son tour. »

Comme l'hôtesse lui avait arraché les trois cheveux d'or, et qu'elle avait tiré de lui les trois réponses, elle le laissa en repos, et il dormit jusqu'au matin.

Quand le diable eut quitté la maison, la vieille prit la fourmi dans les plis de sa robe et rendit au jeune homme sa figure humaine. « Voilà les trois cheveux, lui dit-elle ; mais as-tu bien entendu les réponses du diable à tes questions ?

— Très bien, répondit-il, et je m'en souviendrai.

— Te voilà donc hors d'embarras, dit-elle, et tu peux reprendre ta route. »

Il remercia la vieille qui l'avait si bien aidé, et sortit de l'enfer, fort joyeux d'avoir si heureusement réussi.

Quand il arriva au passager, avant de lui donner la réponse promise, il se fit d'abord passer de l'autre côté, et alors il lui fit part du conseil donné par le diable : « Le premier qui viendra pour passer la rivière, tu n'as qu'à lui mettre ta rame à la main. »

Plus loin, il retrouva la ville à l'arbre stérile ; la sentinelle attendait aussi sa réponse : « Tuez la souris qui ronge les racines, dit-il, et les pommes d'or reviendront. » La sentinelle, pour le remercier, lui donna deux ânes chargés d'or.

Enfin il parvint à la ville dont la fontaine était à sec. Il dit à la sentinelle : « Il y a un crapaud sous une pierre dans la fontaine ; cherchez-le et tuez-le, et le vin recommencera à couler en abondance. » La sentinelle le remercia et lui donna encore deux ânes chargés d'or.

Enfin, l'enfant né coiffé revint près de sa femme, qui se réjouit dans son cœur en le voyant de retour et en apprenant que tout s'était bien passé. Il remit au roi les trois cheveux d'or du diable. Celui-ci, en apercevant les quatre ânes chargés d'or, fut grandement satisfait et lui dit : « Maintenant toutes les conditions sont remplies, et ma fille est à toi. Mais, mon cher gendre, dis-moi d'où te vient tant d'or, car c'est un trésor énorme que tu rapportes.

— Je l'ai pris, dit-il, de l'autre côté d'une rivière que j'ai traversée ; c'est le sable du rivage.

— Pourrais-je m'en procurer autant ? lui demanda le roi, qui était un avare.

— Tant que vous voudrez, répondit-il. Vous trouverez un passager ; adressez-vous à lui pour passer l'eau, et vous pourrez remplir vos sacs. »

L'avide monarque se mit aussitôt en route, et arrivé au bord de l'eau, il fit signe au passager de lui amener sa barque. Le passager le fit entrer, et, quand ils furent à l'autre bord, il lui mit la rame à la main et sauta dehors. Le roi devint ainsi passager en punition de ses péchés.

« L'est-il encore ?

— Eh ! sans doute, puisque personne ne lui a repris la rame. »

TOM POUCE

Un pauvre laboureur était assis un soir au coin de son feu, pendant que sa femme filait à côté de lui. Il disait : « C'est un grand chagrin pour nous de ne pas avoir d'enfants. Quel silence chez nous, tandis que chez les autres tout est si gai et si bruyant !

— Oui, répondit sa femme en soupirant, dussions-nous n'en avoir qu'un seul, pas plus gros que le pouce, je m'en contenterais, et nous l'aimerions de tout notre cœur. »

La femme, sur ces entrefaites, devint souffrante, et, au bout de sept mois, elle mit au monde un enfant bien constitué dans tous ses membres, mais qui n'avait qu'un pouce de haut. Elle dit : « Le voilà tel que nous l'avons souhaité ; il n'en sera pas moins notre cher fils. » Et à cause de sa taille ses parents le nommèrent Tom Pouce. Ils le nourrirent aussi bien que possible ; mais il ne grandit pas et resta tel qu'il avait été à sa naissance. Cependant il paraissait avoir de l'esprit ; ses yeux étaient intelligents, et il montra bientôt dans sa petite personne de l'adresse et de l'activité pour mener à bien ce qu'il entreprenait.

Le paysan s'apprêtait un jour à aller abattre du bois dans la forêt, et il se disait à lui-même : « Je voudrais bien avoir quelqu'un pour conduire ma charrette.

— Père, s'écria Tom Pouce, je vais la conduire, moi ; soyez tranquille, elle arrivera à temps. »

L'homme se mit à rire : « Cela ne se peut pas, dit-il, tu es bien trop petit pour conduire le cheval par la bride !

— Ça ne fait rien, père ; si maman veut atteler, je me mettrai dans l'oreille du cheval, et je lui crierai où il faudra qu'il aille.

— Eh bien, répondit le père, essayons. »

La mère attela le cheval et mit Tom Pouce dans son oreille ; et le petit homme lui criait le chemin qu'il fallait prendre : « Hue ! dia ! » si bien que le cheval marcha comme s'il avait eu un vrai charretier ; et la charrette fut menée au bois par la bonne route.

Pendant que l'équipage tournait au coin d'une haie, et que le petit homme criait : « Dia ! dia ! » il passa par là deux étrangers. « Grand Dieu ! s'écria l'un d'eux, qu'est cela ? Voilà une charrette qui marche ; on entend la voix du charretier et on ne voit personne.

— Il y a quelque chose de louche là-dessous, dit l'autre ; il faut suivre cette charrette et voir où elle s'arrêtera. »

Elle continua sa route et s'arrêta dans la forêt, juste à la place où il y avait du bois abattu. Quand Tom Pouce aperçut son père, il lui cria : « Vois-tu, père, que j'ai bien mené la charrette ? Maintenant, fais-moi descendre. »

Le père, saisissant la bride d'une main, prit de l'autre son fils dans l'oreille du cheval et le déposa par terre ; le petit s'assit joyeusement sur un fétu.

Les deux étrangers, en apercevant Tom Pouce, ne savaient que penser, tant ils étaient étonnés. L'un d'eux prit l'autre à part et lui dit : « Ce petit drôle pourrait faire notre fortune, si nous le faisions voir pour de l'argent dans quelque ville ; il faut l'acheter. » Ils allèrent trouver le paysan et lui dirent : « Vendez-nous ce petit nain ; nous en aurons bien soin.

— Non, répondit le père ; c'est mon enfant, il n'est pas à vendre pour tout l'or du monde. »

Mais Tom Pouce, en entendant la conversation, avait grimpé dans les plis des vêtements de son père ; il lui monta jusque sur l'épaule, et de là lui souffla dans l'oreille : « Père, livrez-moi à ces gens-là, je serai bientôt de retour. » Son père le donna donc aux deux hommes pour une belle pièce d'or.

« Où veux-tu te mettre ? lui dirent-ils.

— Ah ! mettez-moi sur le bord de votre chapeau, je pourrai me promener et voir le paysage, et j'aurai bien soin de ne pas tomber. »

Ils firent comme il voulait, et quand Tom Pouce eut dit adieu à son père, ils s'en allèrent avec lui et marchèrent ainsi jusqu'au soir ; alors le petit homme leur cria : « Arrêtez, j'ai besoin de descendre.

— Reste sur mon chapeau, dit l'homme qui le portait ; peu m'importe ce que tu feras, les oiseaux m'en font plus d'une fois autant.

— Non pas, non pas, dit Tom Pouce ; mettez-moi en bas bien vite. »

L'homme le prit et le posa par terre, dans un champ près de la route ; il courut un instant parmi les mottes de terre, et tout d'un coup il se plongea dans un trou de souris qu'il avait cherché exprès. « Bonsoir, messieurs, partez sans moi », leur cria-t-il en riant. Ils voulurent le rattraper en fourrageant le trou de souris avec des baguettes, mais ce fut peine perdue : Tom s'enfonçait toujours plus avant, et la nuit étant tout à fait venue, ils furent obligés de rentrer chez eux en colère et les mains vides.

Quand ils furent loin, Tom Pouce sortit de son souterrain. Il craignit de se risquer de nuit en plein champ, car une jambe est bientôt cassée. Heureusement il rencontra une coque vide de limaçon. « Dieu soit loué ! dit-il, je passerai ma nuit en sûreté là dedans », et il s'y établit.

Comme il allait s'endormir, il entendit deux hommes qui passaient, et l'un disait à l'autre : « Comment nous y prendrions-nous pour voler à ce riche curé tout son or et son argent ?

— Je vous le dirai bien, leur cria Tom Pouce.

— Qu'y a-t-il ? s'écria un des voleurs effrayés ; j'ai entendu quelqu'un parler. »

Ils restaient à écouter, quand Tom leur cria de nouveau : « Prenez-moi avec vous, je vous aiderai.

— Où es-tu donc ?

— Cherchez par terre, du côté d'où vient la voix. »

Les voleurs finirent par le trouver. « Petit extrait d'homme, lui dirent-ils, comment veux-tu nous être utile ?

— Voyez, répondit-il, je me glisserai entre les barreaux de la fenêtre dans la chambre du curé, et je vous passerai tout ce que vous voudrez.

— Eh bien, soit, dirent-ils, nous allons te mettre à l'épreuve ! »

Quand ils furent arrivés au presbytère, Tom Pouce se glissa dans la chambre, puis il se mit à crier de toutes ses forces : « Voulez-vous tout ce qui est ici ? » Les voleurs effrayés lui dirent : « Parle plus bas, tu vas réveiller la maison. » Mais, faisant comme s'il ne les avait pas entendus, il cria de nouveau : « Qu'est-ce que vous voulez ? Voulez-vous tout ce qui est ici ? » La servante, qui couchait dans la chambre à côté, entendit ce bruit ; elle se leva sur son séant et prêta l'oreille. Les voleurs avaient battu en retraite ; enfin ils reprirent courage, et croyant seulement que le petit drôle voulait s'amuser à leurs dépens, ils revinrent sur leurs pas et lui dirent tout bas : « Plus de plaisanterie ; passe-nous quelque chose. » Alors Tom se mit à crier encore du haut de sa tête : « Je vais vous donner tout, tendez les mains. »

Cette fois la servante entendit bien clairement ; elle sauta du lit et courut à la porte. Les voleurs voyant cela s'enfuirent comme si le diable eût été à leurs trousses ; la servante, n'entendant plus rien, alla allumer une chandelle. Quand elle revint, Tom Pouce, sans être vu, fut se cacher dans le grenier au foin. La servante, après avoir fureté dans tous les coins sans rien découvrir, alla se remettre au lit et crut qu'elle avait rêvé.

Tom Pouce était monté dans le foin et s'y était arrangé un joli petit lit : il comptait s'y reposer jusqu'au jour et ensuite retourner chez ses parents. Mais il devait subir bien d'autres épreuves encore : tant on a de mal dans ce monde ! La servante se leva dès l'aurore pour donner à manger au bétail. Sa première visite fut pour le grenier au fourrage, où elle prit une brassée de foin, avec le pauvre Tom endormi dedans. Il dormait si fort qu'il ne s'aperçut de rien et ne s'éveilla que dans la bouche d'une vache, qui l'avait pris avec une poignée de foin. Il se crut d'abord tombé dans un moulin à foulon, mais il comprit bientôt où il était réellement. Tout en évitant de se laisser broyer entre les dents, il finit par glisser dans la gorge et dans la panse. L'appartement lui semblait étroit, sans fenêtre, et on n'y voyait ni soleil ni chandelle. Le séjour lui en déplaisait fort, et ce qui compliquait encore sa situation, c'est qu'il descendait toujours de nouveau foin et que l'espace devenait de plus en plus étroit. Enfin, dans sa terreur, Tom s'écria le plus haut qu'il put : « Plus de fourrage ! plus de fourrage ! je n'en veux plus ! »

La servante était justement occupée à ce moment à traire la vache ; cette voix, qu'elle entendait sans voir personne et qu'elle reconnaissait pour celle qui l'avait déjà éveillée pendant la nuit, l'effraya tellement qu'elle se jeta en bas de son tabouret en répandant son lait. Elle alla en toute hâte trouver son maître et lui cria : « Ah ! grand Dieu ! monsieur le curé, la vache qui parle !

— Tu es folle ! » répondit le prêtre, et cependant il alla lui-même dans l'étable, pour s'assurer de ce qui s'y passait.

À peine y avait-il mis le pied que Tom Pouce s'écria de nouveau : « Plus de fourrage ! je n'en veux plus ! » La frayeur gagna le curé à son tour, et, s'imaginant qu'il y avait un diable dans le corps de la vache, il dit qu'il fallait la tuer. On l'abattit, et la panse, dans laquelle le pauvre Tom était prisonnier, fut jetée sur le fumier.

Le petit eut grand-peine à se démêler de là, et il commençait à passer la tête dehors, quand un nouveau malheur l'assaillit. Un loup affamé se jeta sur la panse de la vache et l'avala d'un seul coup. Tom Pouce ne perdit pas courage. « Peut-être, pensa-t-il, que ce loup sera traitable. » Et de son ventre, où il était enfermé, il lui cria : « Cher ami loup, je veux t'enseigner un bon repas à faire.

— Et où cela ? dit le loup.

— Dans telle et telle maison ; tu n'as qu'à te glisser par l'égout de la cuisine, tu trouveras des gâteaux, du lard, des saucisses à bouche que veux-tu. » Et il lui désigna très exactement la maison de son père.

Le loup ne se le fit pas dire deux fois ; il s'introduisit dans la cuisine et s'en donna à cœur joie aux dépens des provisions. Mais quand il fut repu et qu'il fallut sortir, il était tellement gonflé de nourriture qu'il ne put venir à bout de repasser par l'égout. Tom, qui avait compté là-dessus, commença à faire un bruit terrible dans le corps du loup, en sautant et en criant de toutes ses forces. « Veux-tu te tenir en repos ? dit le loup, tu vas réveiller tout le monde !

— Eh bien ! quoi ? répondit le petit homme, tu t'es régalé, je veux m'amuser aussi, moi. » Et il se remit à crier tant qu'il pouvait.

Il finit par éveiller ses parents, qui accoururent et regardèrent dans la cuisine à travers la serrure. Quand ils virent qu'il y avait un loup, ils s'armèrent, l'homme de sa hache et la femme d'une faux. « Reste derrière, dit l'homme à sa femme quand ils entrèrent dans la chambre ; je vais le frapper de ma hache, et si je ne le tue pas du coup, tu lui couperas le ventre. »

Tom Pouce, qui entendait la voix de son père, se mit à crier : « C'est moi, cher père, je suis dans le ventre du loup.

— Dieu merci, dit le père plein de joie, notre cher enfant est retrouvé ! » Et il ordonna à sa femme de mettre la faux de côté pour ne pas blesser leur fils. Puis, levant sa hache, d'un coup sur la tête il étendit mort le loup, et ensuite, avec un couteau et des ciseaux, il lui ouvrit le ventre et en tira le petit Tom. « Ah ! dit-il, que nous avons été inquiets de ton sort !

— Oui, père, j'ai beaucoup couru le monde ; heureusement me voici rendu à la lumière.

— Où as-tu donc été ?

— Ah ! père, j'ai été dans un trou de souris, dans la panse d'une vache et dans le ventre d'un loup. Maintenant je reste avec vous.

— Et nous ne te revendrions pas pour tout l'or du monde ! » dirent ses parents en l'embrassant et en le serrant contre leur cœur.

Ils lui donnèrent à manger et lui firent faire d'autres habits parce que les siens avaient été gâtés pendant son voyage.

LA TABLE, L'ÂNE ET LE BÂTON MERVEILLEUX

Il était une fois un tailleur qui avait trois fils et une chèvre. Comme la chèvre nourrissait toute la famille de son lait, il fallait lui donner de bon fourrage et la mener paître dehors tous les jours. C'était la besogne des fils, chacun à son tour. Un jour l'aîné la mena au cimetière, où il y avait de l'herbe magnifique, qu'elle brouta à son aise avec force gambades. Le soir, quand il fut temps de rentrer, il lui demanda : « La bique, es-tu repue ? » Elle répondit :

> Je suis bourrée,
> Rassasiée,
> Bé bée !

« Rentrons donc », dit le jeune homme ; et la prenant par sa longe il la mena à l'étable, où il l'attacha solidement. « Eh bien ! dit le vieux tailleur, la chèvre a-t-elle tout ce qu'il lui faut ?

— Oh ! dit le fils, elle est bourrée et rassasiée. »

Mais le père, voulant s'en assurer par lui-même, alla dans l'étable et se mit à caresser la chère bique en lui disant : « Biquette, es-tu bien repue ? » Elle répondit :

> Comment aurais-je pu manger ?
> Sur les tombeaux je n'ai fait que sauter,
> Sans voir un brin d'herbe à brouter,
> Bé bé !

« Qu'est-ce que j'entends ! » s'écria le tailleur ; et sortant de l'étable il apostropha son fils aîné :

« Ah ! menteur ! tu m'as dit que la chèvre était rassasiée et tu l'as laissée jeûner. » Dans sa colère, il prit son aune et le chassa en lui donnant de grands coups.

Le lendemain, c'était le tour du deuxième fils. Il chercha, le long de la haie du jardin, une place bien garnie de bonne herbe ; et la chèvre la tondit jusqu'au dernier brin. Le soir quand il s'agit de rentrer, il lui demanda : « La bique, es-tu repue ? » Elle répondit :

> Je suis bourrée,
> Rassasiée,
> Bé bée !

« Rentrons donc », dit le jeune homme ; et il la mena à l'étable, où il l'attacha solidement.

« Eh bien ! dit le vieux tailleur, la chèvre a-t-elle tout ce qu'il lui faut ?

— Oh ! dit le fils, elle est bourrée et rassasiée. »

Le tailleur, qui voulait voir les choses par lui-même, alla dans l'étable et demanda : « Biquette es-tu bien repue ? » Elle répondit,

> Comment aurais-je pu manger ?
> Sur les fossés je n'ai fait que sauter,
> Sans voir un brin d'herbe à brouter,
> Bé bé !

« Le misérable ! s'écria le tailleur ; laisser jeûner une si douce bête ! » Et, à grands coups d'aune, il mit encore son deuxième fils à la porte.

Le lendemain, ce fut le tour du dernier fils, qui, pour bien faire les choses, chercha des taillis garnis de belles feuilles, et mit la chèvre à brouter à même. Le soir, quand il s'agit de rentrer, il lui demanda : « La bique, es-tu repue ? » Elle répondit :

> Je suis bourrée,
> Rassasiée,
> Bé bée !

« Rentrons donc », dit le jeune homme ; et il la mena à l'étable, où il l'attacha solidement.

« Eh bien, dit le vieux tailleur, la chèvre a-t-elle tout ce qui lui faut ?

— Oh ! dit le fils, elle est bourrée et rassasiée. »

Mais le tailleur, qui n'avait plus de confiance, alla à l'étable et demanda : « Biquette, es-tu bien repue ? » La méchante bête répondit :

> Comment aurais-je pu manger ?
> Parmi les champs je n'ai fait que sauter,
> Sans voir un brin d'herbe à brouter,
> Bé bé !

« L'engeance de menteurs ! s'écria le père ; aussi fourbes et aussi dénaturés les uns que les autres ! Mais je ne serai plus leur dupe ! » Et, hors de lui de colère, il rossa son dernier fils à grands coups d'aune si violemment que le jeune homme se sauva à son tour de la maison.

Le vieux tailleur restait désormais tout seul avec sa chèvre. Le lendemain il alla dans l'étable et se mit à la caresser en disant : « Viens, chère biquette, je vais te mener paître moi-même. » Il la prit par sa longe et la conduisit le long des haies vertes, aux places où poussait l'herbe à mille feuilles et aux autres endroits qui plaisent aux chèvres. « Cette fois, lui dit-il, tu peux t'en donner à cœur joie. » Et il la laissa paître jusqu'au soir. Alors il lui demanda : « La bique, es-tu repue ? » Elle répondit :

> Je suis bourrée,
> Rassasiée,
> Bé bée !

« Rentrons donc », dit le tailleur ; et il la mena à l'étable, où il l'attacha solidement. En sortant il se retourna encore pour lui répéter : « Cette fois, tu es bien repue ? » Mais la chèvre ne le reçut pas mieux que les autres ; elle lui répondit :

Comment aurais-je pu manger ?
De tout le jour je n'ai fait que sauter,
Sans voir un brin d'herbe à brouter,
Bé bé !

Le tailleur, en entendant cela, fut bien surpris ; il reconnut qu'il avait chassé ses fils injustement. « Attends, dit-il, ingrate créature ! Ce serait trop peu de te chasser aussi ; je veux te marquer de telle sorte que tu n'oseras jamais te montrer devant d'honnêtes tailleurs. » Et en un instant il saisit son rasoir, savonna la tête de la chèvre et la rasa nue comme la main ; et comme l'aune lui aurait fait trop d'honneur, il prit le fouet, et lui en donna de telles cinglées qu'elle s'enfuit en faisant des sauts prodigieux.

Le tailleur, se trouvant tout seul chez lui, tomba dans un grand chagrin. Il aurait bien voulu rappeler ses fils ; mais personne ne savait ce qu'ils étaient devenus.

L'aîné s'était mis en apprentissage chez un menuisier. Il apprit le métier avec ardeur, et, quand il eut atteint l'âge voulu pour faire sa tournée, son maître lui fit présent d'une petite table en bois commun et sans apparence, mais douée d'une précieuse propriété. Quand on la posait devant soi et qu'on disait : « Table, couvre-toi », elle se couvrait à l'instant même d'une jolie nappe en toile bien blanche, avec une assiette, un couteau et une fourchette, des plats remplis de mets de toute sorte, autant qu'il y avait de place, et un grand verre plein d'un vin vermeil qui réjouissait le cœur. Le jeune compagnon se crut riche pour le reste de ses jours, et se mit à courir le monde à sa fantaisie, sans s'inquiéter si les auberges étaient bonnes ou mauvaises et s'il y trouverait ou non de quoi dîner. Et même, quand l'envie lui en prenait, il n'entrait nulle part, mais en plein champ, dans un bois, dans une prairie, il posait sa table devant lui, et en lui disant seulement : « Couvre-toi », il était servi au même moment.

Il eut enfin l'idée de retourner chez son père, espérant qu'il trouverait sa colère apaisée et qu'avec la table merveilleuse il serait bien reçu. Sur sa route, il entra un soir dans une auberge qui était pleine de voyageurs ; ils lui souhaitèrent la bienvenue et l'invitèrent à se mettre à table avec eux, parce qu'autrement il aurait bien de la peine à trouver de quoi manger : « Non, répondit-il, je ne veux pas de votre écot, mais je vous invite à prendre part au mien. »

Ils se mirent à rire, croyant qu'il voulait plaisanter ; cependant il dressa sa table au milieu de la salle et dit : « Table, couvre-toi. » Aussitôt elle fut couverte de mets comme il n'en était jamais sorti de la cuisine de l'auberge, et dont le fumet chatouillait agréablement l'odorat des convives. « Allons, messieurs, s'écria-t-il, à table ! » Voyant de quoi il s'agissait, ils ne se firent pas prier, et, le couteau à la main, ils se mirent à fonctionner bravement. Ce qui les étonnait le plus, c'était qu'à mesure qu'un plat était vide, un autre tout plein le remplaçait à l'instant. L'hôte était dans un coin et voyait tout cela sans savoir qu'en penser ; seulement il se disait qu'un pareil cuisinier lui serait fort utile dans son auberge.

Le menuisier et sa compagnie passèrent joyeusement une partie de la nuit ; à la fin ils allèrent se coucher, et le jeune homme, en se mettant au lit, posa près du mur sa table merveilleuse. Mais l'hôte avait des pensées qui l'empêchaient de dormir ; il se souvint qu'il y avait dans son grenier une vieille table toute pareille. Il alla la chercher sans bruit et la mit à la place de l'autre. Le lendemain, le menuisier, après avoir payé pour la nuit qu'il avait passée, prit la table sans s'apercevoir de la substitution et continua son chemin.

À midi, il arriva chez son père, qui le reçut avec une grande joie. « Eh bien, mon cher fils, lui demanda-t-il, qu'as-tu appris ?

— L'état de menuisier, mon père.

— C'est un bon métier, répliqua le vieillard ; mais qu'as-tu rapporté de ta tournée ?

— Père, la meilleure pièce de mon sac, c'est cette petite table. »

Le tailleur la considéra de tous côtés et lui dit : « Si c'est là ton chef-d'œuvre, il n'est pas magnifique ; c'est un vieux meuble qui ne tient pas debout.

— Mais, répondit le fils, c'est une table magique : quand je lui ordonne de se couvrir, elle se garnit des plats les plus excellents, avec du vin à réjouir le cœur. Allez inviter tous nos parents et amis à venir se régaler ; la table les rassasiera tous. »

Quand la compagnie fut réunie, il posa sa table au milieu de la chambre et lui dit : « Table, couvre-toi. » Mais elle n'entendit pas ses ordres et resta vide comme une table ordinaire. Alors le pauvre garçon s'aperçut qu'on l'avait changée, et resta honteux comme un menteur pris sur le fait. Les parents se moquèrent de lui et s'en retournèrent chez eux sans avoir bu ni mangé. Le père reprit son aiguille et son dé, et le fils se mit en condition chez un maître menuisier.

Le deuxième fils était entré en apprentissage chez un meunier. Quand il eut fini son temps, son maître lui dit : « Pour te récompenser de ta bonne conduite je veux te donner un âne. Il est d'une espèce particulière, et ne supporte ni le bât ni l'attelage.

— À quoi donc est-il bon ? demanda le jeune homme.

— Il produit de l'or, répondit le meunier ; tu n'as qu'à le faire avancer sur un drap étendu, et qu'à prononcer *bricklebrit* ; la bonne bête te fera de l'or par devant et par derrière.

— Voilà un merveilleux animal », dit le jeune homme.

Il remercia son maître et se mit à courir le monde. Quand il avait besoin d'argent, il n'avait qu'à dire à son âne *bricklebrit* : les pièces d'or pleuvaient sans lui donner d'autre peine que celle de les ramasser. Partout où il allait, le meilleur n'était pas trop bon pour lui et le plus cher était son lot, car il avait toujours la bourse pleine.

Après avoir voyagé quelque temps, il pensa que la colère de son père devait être apaisée, qu'il pouvait l'aller retrouver et qu'avec son âne, il en serait bien reçu. Il entra dans la même auberge où son frère avait déjà perdu sa table. Il menait son âne en laisse ; l'hôte voulut le prendre et l'attacher, mais le jeune homme lui dit : « Ne vous donnez pas cette peine, je vais moi-même attacher mon grison à l'écurie, parce que je veux toujours savoir où il est. »

L'hôte, assez surpris, supposait qu'un compagnon qui voulait soigner lui-même son âne n'allait pas faire grande dépense. Mais quand l'étranger, mettant à la main à la poche, en eut tiré deux pièces d'or et lui eut recommandé de lui servir du bon, il ouvrit de grands yeux et se mit à chercher ce qu'il avait de meilleur. Après dîner, le voyageur demanda ce qu'il devait : l'hôte n'épargna rien pour grossir la note, et répondit qu'il lui fallait encore deux pièces d'or. Le jeune homme fouilla à sa poche, mais elle était vide. « Attendez un instant, dit-il, je vais chercher de l'argent », et il sortit en prenant la nappe avec lui.

L'hôte ne comprenait rien à ce que cela voulait dire, mais il était curieux ; il suivit le voyageur, et, quand celui-ci eut verrouillé derrière lui la porte de l'écurie, il y regarda par une fente. L'étranger étendit la nappe sous l'âne, prononça *bricklebrit*, et aussitôt la bête fit tomber de l'or par devant et par derrière ; il en pleuvait.

« Malpeste ! se dit l'hôte, des ducats tout neufs ! Un pareil trésor n'est pas pour faire tort à son maître ! »

Le jeune homme paya sa dépense et alla se coucher ; mais l'aubergiste, se glissant la nuit dans l'écurie, enleva le grison qui battait monnaie, et en mit un autre à sa place.

Le lendemain matin, le jeune homme prit l'âne et se remit en route, croyant bien que c'était sa bête magique. À midi il arriva chez son père, qui se réjouit de le revoir et le reçut à bras ouverts. « Qu'es-tu devenu, mon fils ? demanda le vieillard.

— Je suis meunier, cher père, répondit-il.

— Que rapportes-tu de ta tournée ?

— Rien qu'un âne.

— Il y a bien assez d'ânes chez nous, dit le père, tu aurais mieux fait de nous ramener une bonne chèvre.

— Mais, reprit le fils, ce n'est pas une bête comme une autre ; c'est un âne magique. Je n'ai qu'à dire *bricklebrit*, et aussitôt il en tombe des pièces d'or de quoi remplir un drap ; faites venir tous nos parents, je vais les enrichir tous d'un seul coup.

« — Voilà qui me plaît, dit le tailleur ; je ne me fatiguerai plus à tirer l'aiguille. » Et il alla bien vite chercher toute sa parenté.

Dès qu'ils furent réunis, le meunier se fit faire place, étendit un drap et amena son âne au-dessus. « Maintenant, dit-il, attention ! *bricklebrit*. » Mais l'âne n'entendait rien à la magie, et ce qu'il fit tomber sur le drap ne ressemblait guère à des pièces d'or. Le pauvre meunier vit qu'on l'avait volé, et faisant bien triste mine, il demanda pardon à ses parents, qui s'en retournèrent chez eux aussi gueux qu'ils étaient venus. Son père fut obligé de reprendre son aiguille ; pour lui, il se plaça comme domestique dans un moulin.

Le troisième frère s'était mis en apprentissage chez un tourneur, et, comme le métier est difficile, il y resta plus longtemps que ses deux aînés. Ils lui mandèrent dans une lettre les malheurs qui leur étaient arrivés et comment l'aubergiste leur avait volé les dons magiques dont ils étaient possesseurs. Quand le tourneur eut fini son apprentissage et que le temps de voyager fut venu, son maître, pour le récompenser de sa bonne conduite, lui donna un sac dans lequel il y avait un gros bâton. « Le sac peut bien me servir, dit-il, je le mettrai sur mes épaules ; mais à quoi bon ce bâton ! il ne fait que l'alourdir.

— Je vais t'apprendre son usage, répondit le maître ; si quelques gens te font du mal, tu n'as qu'à dire ces mots : "Bâton, hors du sac !" aussitôt le bâton leur sautera aux épaules, et les travaillera si vigoureusement que de huit jours ils ne pourront plus remuer. Le jeu ne cessera que quand tu auras dit : "Bâton, dans le sac !" »

Le compagnon remercia son maître et se mit en route avec le sac ; si quelqu'un l'approchait de trop près et voulait le toucher, il n'avait qu'à dire : « Bâton, hors du sac ! » Aussitôt le gourdin de battre les habits des gens sans qu'ils eussent le temps de les ôter, et le tour se faisait si vite que chacun y passait avant d'avoir vu par où.

Un soir il arriva à l'auberge où ses frères avaient été dépouillés. Il posa son havre-sac devant lui sur la table et se mit à raconter tout ce qu'il avait vu de curieux dans le monde. « Oui, disait-il, on trouve des tables qui servent toutes seules à dîner, des ânes qui font de l'or, et autres semblables belles choses que je suis loin de mépriser ; mais tout cela n'est rien à côté du trésor que je porte dans mon sac. »

L'hôte dressait les oreilles. « Qu'est-ce que cela peut-être ? pensait-il ; sans doute son sac est plein de pierres précieuses. Je voudrais bien le réunir à l'âne et à la table, car toutes les bonnes choses vont par trois. »

Lorsqu'on se coucha, le jeune homme s'étendit sur un banc et mit son sac sous sa tête en guise d'oreiller. Quand l'aubergiste le crut bien endormi, il s'approcha de lui tout doucement et se mit à tirer légèrement sur le sac pour essayer s'il pourrait l'enlever et en mettre un autre à la place.

Mais le tourneur le guettait depuis longtemps, et, au moment où le voleur donnait une forte secousse il s'écria : « Bâton, hors du sac ! » et aussitôt le bâton de sauter au dos du fripon et de rabattre comme il faut les coutures de son habit. Le malheureux demandait pardon, miséricorde ; mais, plus il criait, plus le bâton lui daubait les épaules, si bien qu'enfin il tomba épuisé par terre. Alors le tourneur lui dit : « Si tu ne me rends pas à l'instant la table et l'âne, la danse va recommencer.

— Oh ! non, s'écria l'hôte d'une voix faible, je rendrai tout, fais seulement rentrer dans le sac ce diable maudit.

— Ce serait pourtant justice de recommencer, dit le compagnon, mais je te fais grâce si tu t'exécutes. » Puis il ajouta : « Bâton dans le sac ! » et le laissa en repos.

Le tourneur arriva le lendemain chez son père avec la table et l'âne. Le tailleur se réjouit de le revoir et lui demanda ce qu'il avait appris.

« Cher père, répondit-il, je suis devenu tourneur.

— Bel état, dit le père ; et qu'as-tu rapporté de tes voyages ?

— Une belle pièce, cher père ; un bâton dans un sac.

— Un bâton ! s'écria le père ; c'était bien la peine ! il y en a autant dans tous les bois.

— Mais pas comme le mien, cher père ; quand je lui dis : « Bâton, hors du sac ! » il s'élance sur ceux qui me veulent du mal et les rosse jusqu'à ce qu'ils en tombent par terre en criant grâce. Avec ce gourdin-là, voyez-vous, j'ai recouvré la table et l'âne que ce voleur d'hôte avait dérobés à mes frères. Faites-les venir tous les deux et allez inviter tous nos parents, je veux les régaler et remplir leurs poches. »

Le vieux tailleur alla chercher les parents, bien qu'il n'eût plus grande confiance. Le tourneur étendit un drap dans la chambre, y amena l'âne et invita son frère à prononcer les paroles sacramentelles. Le meunier dit : *bricklebrit*, et aussitôt les pièces d'or de tomber dru comme grêle, et la pluie ne cessa que quand chacun en eut plus qu'il n'en pouvait porter. (Vous auriez bien voulu être là, ami lecteur.) Ensuite le tourneur prit la table et dit à son frère le menuisier : « À ton tour, maintenant. » À peine celui-ci eut-il prononcé : « Table, couvre-toi », qu'elle fut servie et couverte des plats les plus appétissants. Il y eut alors un festin comme jamais le vieillard n'en avait vu dans sa maison, et toute la compagnie resta réunie et en fête jusqu'à la nuit. Le tailleur serra précieusement dans une armoire son aiguille, son dé, son aune et son carreau, et vécut en paix et en joie avec ses trois fils.

Mais qu'était devenue la chèvre, qui était cause que le tailleur avait chassé ses trois fils de chez lui ? Je vais vous le conter.

Comme elle était honteuse de sa tête pelée, elle courut se cacher dans un terrier de renard. Le renard, en rentrant chez lui, aperçut dans l'obscurité deux grands yeux qui étincelaient comme des charbons ardents ; la peur le prit et il s'enfuit. L'ours qui le rencontra, voyant son trouble, lui dit : « Qu'y a-t-il donc, frère renard ? d'où te vient cet air effaré ?

— Ah ! répondit l'autre, il y a au fond de mon terrier un monstre épouvantable, qui m'a regardé avec des yeux enflammés.

— Nous l'aurons bientôt chassé », dit l'ours ; et il alla aussi regarder au fond du terrier ; mais, quand il eut vu ces terribles yeux, la peur le gagna aussi, et, pour éviter d'avoir affaire au monstre, il s'enfuit au plus vite.

L'abeille le rencontra, et, s'apercevant qu'il n'avait pas l'air trop rassuré dans sa peau, elle lui dit : « Eh ! compère, tu fais bien triste mine : qu'est devenue cette gaieté ?

— C'est bien dit, répondit l'ours ; mais il y a dans le terrier du renard un monstre aux regards terribles, que nous ne pouvons faire déloger. »

L'abeille répliqua : « Tu me fais pitié, grand sire ; je ne suis qu'une faible créature, que tu ne daignes pas regarder sur ton chemin ; mais cependant je crois que je pourrai t'être utile. »

Elle vola dans le terrier, se posa sur la tête rasée de la chèvre, et la piqua si fortement que la bique ne put s'empêcher de crier *bé bée !* et de s'élancer dans le bois comme une frénétique. Et depuis ce temps-là personne ne sait ce qu'elle est devenue.

LES SIX COMPAGNONS QUI VIENNENT
À BOUT DE TOUT

Il y avait une fois un homme qui était habile à tous les métiers ; il se fit soldat et servit bravement ; mais, quand la guerre fut finie, il reçut son congé avec trois deniers de frais de route pour regagner ses foyers. Tout cela ne lui convenait pas, et il se promit bien, s'il trouvait seulement des compagnons, de forcer le roi à lui donner tous les trésors de son royaume.

Il prit, tout en colère, le chemin de la forêt, et là il vit un homme qui venait de déraciner six grands arbres avec la main, comme si ce n'eût été que des brins d'herbe. Il lui demanda : « Veux-tu me suivre et être mon serviteur ?

— Volontiers, dit l'autre ; mais d'abord il faut que je porte à ma mère ce petit fagot. »

Et prenant un des arbres, il en fit un lien autour des cinq autres, mit le fagot sur son épaule et l'emporta ainsi. Ensuite il revint trouver son maître, qui lui dit : « À nous deux, nous viendrons à bout de tout. »

À quelque distance de là, ils rencontrèrent un chasseur qui était à genoux et qui tenait sa carabine en joue. Le soldat lui demanda : « Chasseur, que vises-tu donc ainsi ? »

Il répondit : « Il y a une mouche posée à deux lieues d'ici sur une branche de chêne : je veux lui mettre du plomb dans l'œil gauche.

— Oh ! viens avec moi, dit le soldat ; à nous trois nous viendrons à bout de tout. »

Le chasseur le suivit et ils arrivèrent devant sept moulins à vent qui tournaient avec rapidité ; cependant on ne sentait pas un souffle de vent à droite ni à gauche, et aucune feuille ne remuait. Le soldat dit : « Je ne conçois pas comment ces moulins peuvent marcher, l'air est entièrement immobile. »

À deux lieues plus loin, ils virent un homme qui était monté dans un arbre ; il tenait une de ses narines bouchée, et de l'autre il soufflait.

« Que diable souffles-tu là-haut ? lui demanda le soldat.

— À deux lieues d'ici, répondit-il, il y a sept moulins à vent ; comme vous voyez, je souffle pour les faire tourner.

— Oh ! viens avec moi, dit le soldat ; à nous quatre, nous viendrons à bout de tout. »

Le souffleur descendit de son arbre et les accompagna. Au bout de quelque temps, ils virent un homme qui se tenait sur une seule jambe ; il avait décroché l'autre et l'avait posée à côté de lui.

« En voilà un, dit le soldat, qui veut se reposer à coup sûr.

— Je suis coureur, répondit l'autre, et pour ne pas aller trop vite, je me suis décroché une jambe ; quand je les ai toutes les deux, je devance les hirondelles.

— Oh ! viens avec moi, dit le soldat ; à nous cinq nous viendrons à bout de tout. »

Il alla avec eux, et peu de temps après, ils rencontrèrent un homme qui avait un petit chapeau posé tout à fait sur l'oreille. Le soldat lui dit : « Avec tout le respect que je vous dois, monsieur, vous feriez mieux de mettre votre chapeau plus droit, car vous avez tout l'air ainsi d'une tête à grelots.

— Je m'en garderais bien, dit l'autre ; quand je mets mon chapeau droit, il vient un tel froid que les oiseaux gèlent en l'air et tombent morts par terre.

— Oh ! alors, viens avec moi, dit le soldat, à nous six nous viendrons à bout de tout. »

Tous les six entrèrent dans une ville où le roi avait fait publier que celui qui voudrait lutter à la course avec sa fille l'épouserait s'il était vainqueur, mais aurait la tête tranchée s'il était vaincu. Le soldat se présenta, mais il demanda s'il pouvait faire courir un de ses gens à sa place. « Sans doute, répondit le roi ; mais sa vie et la tienne serviront de gage, et s'il est vaincu, on prendra votre tête à tous deux. »

Les choses étant ainsi convenues, le soldat ordonna au coureur d'accrocher sa seconde jambe, et lui recommanda de courir sans perdre de temps, et de ne rien négliger pour remporter la victoire. Il était décidé que le vainqueur serait celui des concurrents qui rapporterait le premier de l'eau d'une fontaine située loin de là.

Le coureur et la fille du roi reçurent chacun une cruche et partirent en même temps ; mais la princesse avait fait quelques pas à peine qu'il était hors de vue, comme si le vent l'eût enlevé. Il fut bientôt à la fontaine, y remplit sa cruche et se remit en route. Mais au milieu du trajet il se sentit fatigué, et posant la cruche à terre, il se coucha pour dormir un somme ; seulement il eut le soin de mettre sous sa tête un crâne de cheval qu'il trouva par terre, afin que la dureté du coussin ne tardât pas à l'éveiller.

Cependant la princesse, qui courait aussi bien que peut le faire une personne à l'état naturel, était arrivée à la fontaine, et elle se hâtait de revenir après avoir rempli sa cruche. Elle rencontra le coureur endormi. « Bon, se dit-elle joyeusement, l'ennemi est entre mes mains. » Elle vida la cruche du dormeur et continua son chemin.

Tout était perdu, si par bonheur le chasseur, posté sur le haut du château, n'avait pas vu cette scène avec ses yeux perçants. « Il ne faut pourtant pas, se dit-il, que la princesse l'emporte », et, d'un coup de sa carabine, il brisa sous la tête du coureur, et sans lui faire aucun mal, le crâne du cheval qui lui servait d'oreiller. L'autre, se réveillant en sursaut, s'aperçut que sa cruche était vide et que la princesse avait déjà pris une grande avance. Mais sans perdre courage, il retourna à la fontaine, remplit de nouveau sa cruche et fut encore arrivé au terme de sa course dix minutes plus tôt que la princesse. « À la fin, dit-il, j'ai vraiment remué les jambes ; ce que j'avais fait auparavant, je n'appelle pas cela courir. »

Mais le roi et sa fille étaient furieux de voir que le vainqueur était un misérable soldat licencié ; ils résolurent de le perdre, lui et tous ses compagnons. Le roi dit à sa fille : « J'ai trouvé un bon moyen : n'aie pas peur, ils n'échapperont pas. » Puis, sous prétexte de les régaler, il les fit entrer dans une chambre dont le plancher était en fer les portes en fer, les fenêtres en fer.

Au milieu de l'appartement était une table chargée d'un repas somptueux. « Entrez, leur dit le roi, et régalez-vous bien. » Et quand ils furent dedans, il fit fermer et verrouiller toutes les portes en dehors. Puis il donna l'ordre à son cuisinier d'entretenir du feu sous la chambre, jusqu'à ce que le plancher de fer fût tout à fait rouge. L'ordre s'exécuta, et les six compagnons qui étaient à table commencèrent à avoir chaud ; ils crurent d'abord que cela venait de l'activité avec laquelle ils mangeaient ; mais la chaleur augmentant toujours, ils voulurent sortir et s'aperçurent alors que les portes et les fenêtres étaient fermées et que le roi avait voulu leur jouer un mauvais tour. « Mais son coup sera manqué, dit l'homme au petit chapeau, car je vais faire venir un froid devant lequel il faudra bien que le feu recule. » Alors il posa son chapeau tout droit sur sa tête, et il vint un tel froid que toute la chaleur disparut et que les plats gelèrent sur la table.

Au bout de deux heures, le roi, convaincu qu'ils étaient tous cuits, fit ouvrir les portes et vint lui-même voir ce qu'ils étaient devenus. Mais il les trouva tous les six frais et dispos, et disant qu'ils étaient bien aises de pouvoir sortir, pour aller se chauffer un peu, parce qu'il faisait tellement froid dans la chambre que les plats en avaient gelé sur la table. Le roi, plein de colère, alla trouver le cuisinier et lui demanda pourquoi il n'avait pas exécuté ses ordres. Mais le cuisinier lui répondit : « J'ai chauffé au rouge, voyez vous-même. » Le roi reconnut, en effet, qu'on avait entretenu un feu violent dans le four au-dessous de la chambre, mais que les six compagnons n'en avaient pas souffert.

Le roi cherchant toujours à se débarrasser de ces hôtes incommodes, fit venir le soldat et lui dit : « Si tu veux abandonner tes droits sur ma fille, je te donnerai autant d'or que tu voudras.

— Volontiers, sire, répondit l'autre ; donnez-moi seulement autant d'or qu'un de mes serviteurs en pourra porter, et j'abandonne la princesse. »

Le roi était enchanté ; le soldat lui dit qu'il reviendrait chercher son or dans quinze jours. En attendant, il convoqua à l'instant même tous les tailleurs du royaume et les loua pour quinze jours, afin de lui coudre un sac. Quand le sac fut prêt, l'hercule de la bande, celui qui déracinait les arbres avec la main, le mit sur son épaule et se présenta au palais. Le roi demanda quel était ce vigoureux gaillard qui portait sur son épaule un ballot de drap gros comme une maison, et, quand il l'eut appris, il fut effrayé en pensant à tout ce qui pourrait s'engouffrer d'or là-dedans. Il en fit venir une tonne que seize hommes des plus forts avaient peine à rouler ; mais l'hercule la saisit d'une main, et, la jetant dans le sac, se plaignit qu'on lui en eût apporté si peu, qu'il n'y en avait pas de quoi garnir seulement le fond. Le roi fit apporter successivement tout son trésor, qui passa tout entier dans le sac sans le remplir seulement à moitié. « Apportez toujours, criait l'hercule ; deux miettes ne suffisent pas à rassasier un homme. » On fit venir encore sept cents voitures chargées d'or de toutes les parties du royaume, et il les fourra dans son sac avec les bœufs qu'on y avait attelés. « Je vais finir, dit-il, par prendre indistinctement tout ce qui me tombera sous la main pour le remplir. » Quand tout y fut, il y avait encore de la place, mais il dit : « Il faut faire une fin, on peut bien fermer son sac avant qu'il soit plein. » Il le mit sur son dos et alla rejoindre ses compagnons.

Le roi, voyant qu'un seul homme emportait ainsi toutes les richesses de son pays, entra dans une grande colère et fit monter à cheval toute sa cavalerie, avec ordre de courir sus aux six compagnons et de reprendre le sac. Ils furent bientôt atteints par deux régiments, qui leur crièrent : « Vous êtes prisonniers, rendez le sac et l'or qu'il contient, ou vous êtes massacrés sur l'heure.

— Que dites-vous là, répliqua le souffleur, que nous sommes prisonniers ? Auparavant vous danserez tous en l'air. »

Et bouchant une de ses narines, il se mit à souffler de l'autre sur les deux régiments, et ils furent dispersés çà et là dans le bleu du ciel, par-dessus monts et vallées. Un vieux sergent-major cria grâce, ajoutant qu'il avait neuf cicatrices, et qu'un brave comme lui ne méritait pas d'être traité si honteusement. Le souffleur s'arrêta un peu, de sorte que le sergent retomba sans se blesser ; mais il lui dit : « Va trouver ton roi, et fais-lui savoir qu'il aurait dû envoyer plus de monde contre nous, et que je les aurais tous fait sauter en l'air. »

Le roi apprenant l'aventure, dit : « Il faut les laisser aller ; les drôles sont sorciers. » Les six compagnons emportèrent donc leurs richesses ; ils en firent le partage et vécurent heureux jusqu'à la fin.

LES NAINS MAGIQUES

I

Il était un cordonnier qui, par suite de malheurs, était devenu si pauvre, qu'il ne lui restait plus de cuir que pour une seule paire de souliers. Le soir il le tailla afin de faire les souliers le lendemain matin ; puis, comme il avait une bonne conscience, il se coucha tranquillement, fit sa prière et s'endormit. Le lendemain, à son lever, il allait se mettre au travail, quand il trouva la paire de souliers toute faite sur sa table. Grande fut sa surprise ; il ne savait ce que cela voulait dire. Il prit les souliers et les considéra de tous côtés ; ils étaient si bien faits qu'ils n'y avait pas un seul point de manqué ; c'était un vrai chef-d'œuvre.

Il entra dans la boutique un chaland, auquel ces souliers plurent tant qu'il les paya plus cher que de coutume, et qu'avec cet argent le cordonnier put se procurer du cuir pour deux autres paires. Il le tailla le soir même et s'apprêtait à y travailler le lendemain matin, quand il les trouva tout faits à son réveil ; et cette fois encore les chalands ne manquèrent pas, et, avec l'argent qu'il en tira, il put acheter du cuir pour quatre autres paires. Le lendemain matin, les quatre paires étaient prêtes, et enfin tout ce qu'il taillait le soir était toujours terminé le matin suivant ; de façon qu'il trouva l'aisance et devint presque riche.

Un soir, aux environs de Noël, comme il venait de tailler son cuir et qu'il allait se coucher, il dit à sa femme : « Si nous veillions cette nuit pour voir ceux qui nous aident ainsi ? »

La femme y consentit, et, laissant une chandelle allumée, ils se cachèrent dans la garde-robe, derrière les vêtements accrochés, et attendirent. Quand minuit sonna, deux jolis petits nains tout nus entrèrent dans la chambre, se placèrent à l'établi du cordonnier, et, prenant le cuir taillé dans leurs petites mains, se mirent à piquer, à coudre, à battre avec tant d'adresse et de promptitude qu'on n'y pouvait rien comprendre. Ils travaillèrent sans relâche jusqu'à ce que l'ouvrage fût terminé, et alors ils disparurent tout d'un coup.

Le lendemain, la femme dit : « Ces petits nains nous ont enrichis ; il faut nous montrer reconnaissants. Ils doivent mourir de froid, à courir ainsi tout nus sans rien sur le corps. Sais-tu ? je vais leur coudre à chacun chemise, habit, veste et culotte et leur tricoter une paire de bas ; toi, fais-leur à chacun une paire de souliers. »

L'homme approuva fort cet avis ; et le soir, quand tout fut prêt, ils placèrent ces présents sur la table au lieu de cuir taillé, et se cachèrent encore pour voir comment les nains prendraient la chose. À minuit, ils arrivèrent, et ils allaient se mettre au travail, quand, au lieu du cuir, ils trouvèrent sur la table les jolis petits vêtements. Ils témoignèrent d'abord un étonnement qui bientôt fit place à une grande joie. Ils passèrent vivement les habits et se mirent à chanter :

> Ne sommes-nous pas de jolis garçons ?
> Adieu cuir, souliers et chaussons !

Puis ils commencèrent à danser et à sauter par-dessus les chaises et les bancs ; enfin, tout en dansant ils gagnèrent la porte.

À partir de ce moment, on ne les revit plus ; mais le cordonnier continua d'être heureux le reste de ses jours, et tout ce qu'il entreprenait lui tournait à bien.

II

Il y avait une fois une pauvre servante qui était active et propre ; elle balayait tous les jours la maison et poussait les ordures dans la rue devant la porte. Un matin, en se mettant à l'ouvrage, elle trouva une lettre par terre ; comme elle ne savait pas lire, elle posa son balai dans un coin et porta la lettre à ses maîtres : c'était une invitation de la part des nains magiques, qui la priaient d'être marraine d'un de leurs enfants. Elle ne savait que décider ; enfin, après beaucoup d'hésitations, comme on lui dit qu'il était dangereux de refuser, elle accepta.

Trois nains vinrent la chercher et la conduisirent dans une caverne de la montagne, où ils demeuraient. Tout y était d'une extrême petitesse, mais si joli et si mignon qu'on ne saurait dire combien. L'accouchée était dans un lit d'ébène incrusté de perles, avec des couvertures brodées d'or ; le berceau de l'enfant était en ivoire et sa baignoire en or massif. Après le baptême, la servante voulait retourner tout de suite chez ses maîtres, mais les nains la prièrent instamment de rester trois jours avec eux. Elle les passa en joie et en fêtes, car ces petits êtres lui faisaient le plus charmant accueil.

Au bout de trois jours, comme elle voulut absolument s'en retourner, ils lui remplirent ses poches d'or et la conduisirent jusqu'à la sortie de leur souterrain. En arrivant chez ses maîtres, elle se remit à son travail ordinaire et reprit son balai au coin même où elle l'avait laissé. Mais il sortit de la maison des étrangers qui lui demandèrent qui elle était et ce qu'elle voulait. Elle apprit alors qu'elle n'était pas restée trois jours, comme elle le croyait, mais sept ans entiers chez les nains, et que pendant ce temps-là ses maîtres étaient morts.

III

Un jour les nains prirent à une femme son enfant au berceau, et mirent à la place un petit monstre qui avait une grosse tête et des yeux fixes, et qui voulait sans cesse à manger et à boire. La pauvre mère alla demander conseil à sa voisine. Celle-ci lui dit qu'il fallait porter le petit monstre dans la cuisine, le poser sur le foyer, allumer du feu à côté, et faire bouillir de l'eau dans deux coquilles d'œufs ;

cela ferait rire le monstre, et si une fois il riait, il serait obligé de partir.

La femme fit ce que sa voisine lui avait dit. Dès qu'il vit les coquilles d'œufs pleines d'eau sur le feu, le monstre s'écria :

> Je n'avais jamais vu, quoique je sois bien vieux,
> Faire bouillir de l'eau dans des coquilles d'œufs.

Et il partit d'un éclat de rire. Aussitôt il survint une foule de nains qui rapportèrent l'enfant véritable, le déposèrent dans la cheminée et reprirent leur monstre avec eux.

LES TROIS HÉRITIERS CHANCEUX

Un père fit venir ses trois fils devant lui, et leur donna, au premier un coq, au deuxième une faux et au troisième un chat. « Je suis vieux, leur dit-il, ma mort est proche ; je veux prendre soin de votre avenir avant qu'elle arrive. Je n'ai pas d'argent à vous laisser, et les choses que je vous donne aujourd'hui vous paraissent sans doute de peu de valeur ; mais tout dépend de la manière dont vous saurez les employer : cherchez chacun un pays où l'objet que vous avez soit inconnu, et votre fortune est faite. »

À la mort du père, l'aîné des fils se mit en route avec son coq ; mais partout où il passait le coq était déjà connu : dans les villes, il le voyait au sommet des clochers, tournant à tous les vents ; dans les campagnes, il l'entendait sans cesse chanter, et personne n'admirait sa bête, si bien qu'il n'avait pas l'air d'être sur le chemin de la fortune.

Enfin il arriva dans une île où personne ne savait ce que c'était qu'un coq ; aussi y était-on fort embarrassé pour diviser le temps. On reconnaissait bien s'il était matin ou soir, mais la nuit, ceux qui ne dormaient pas ne savaient jamais quelle heure il était. « Voyez, leur dit-il, quel brillant animal ; il a une couronne de rubis sur la tête ; à ses pieds il porte des éperons comme un chevalier. La nuit, il appelle trois fois à heure fixe, la dernière quand le soleil va paraître. Lorsqu'il chante en plein jour, il indique que le temps va changer. »

Ce discours plut fort aux habitants de l'île ; la nuit suivante, personne ne dormit et tout le monde écouta avec la

51

plus grande curiosité le coq annoncer successivement deux heures, quatre heures, six heures du matin. Ils demandèrent si ce bel oiseau était à vendre et combien son propriétaire en voulait. « Il m'en faut en or la charge d'un âne », répondit-il. Tous s'écrièrent qu'un tel prix n'était qu'une bagatelle pour un si merveilleux animal, et s'empressèrent de le payer.

En voyant leur aîné revenir riche, les frères cadets furent remplis d'étonnement ; le deuxième résolut de partir aussi, pour voir si sa faux lui rapporterait quelque chose. Mais, partout où il passait, il rencontrait des paysans pourvus de faux aussi bonnes que la sienne. Enfin, par bonheur, il débarqua dans une île où personne ne savait ce que c'était qu'une faux. Quand le blé était mûr dans ce pays-là, on pointait des pièces de canon sur les champs, et on tirait à toute volée. Mais cela ne faisait pas un travail bien régulier : tantôt les boulets passaient par-dessus la moisson, tantôt ils frappaient les épis au lieu des chaumes, ce qui perdait beaucoup de grain ; et, par-dessus le marché, c'était un bruit insupportable. Quand notre homme se mit devant eux à faucher le blé si tranquillement et si vite, tout le monde le regarda la bouche béante et les yeux écarquillés. On lui acheta son instrument aussi cher qu'il voulut ; il eut un cheval chargé d'autant d'or qu'il en pouvait porter.

Le troisième frère voulut à son tour tirer parti de son chat. Comme ses deux aînés, il ne trouva aucune occasion tant qu'il fut sur la terre ferme ; partout il y avait des chats, et en si grand nombre qu'on en noyait une foule au moment de leur naissance. Enfin il se fit conduire dans une île, où par bonheur on n'en avait jamais vu ; mais, en revanche, les souris y pullulaient tellement qu'elles dansaient sur les tables et sur les bancs, même en présence des maîtres des maisons. Tout le monde souffrait de ce fléau ; le roi lui-même ne pouvait s'en garantir dans son palais ; dans tous les coins on entendait piper les souris, et rien n'était épargné de ce que leur dent pouvait atteindre. Le chat fut introduit, et il eut bientôt nettoyé deux salles, si bien que les habitants supplièrent le roi d'acquérir pour l'État ce précieux animal. Le roi le paya, sans marchander, au prix d'un mulet chargé d'or, et le troisième frère revint dans son pays, encore plus riche que ses deux aînés.

LES TROIS FRÈRES

Un homme avait trois fils et ne possédait d'autre bien que la maison dans laquelle il demeurait. Chacun de ses fils désirait en hériter, et il ne savait comment s'y prendre pour ne faire de tort à aucun d'eux. Le mieux eût été de la vendre et d'en partager le prix entre eux ; mais il ne pouvait s'y résoudre, parce que c'était la maison de ses ancêtres. Enfin il dit à ses fils : « Allez dans le monde ; faites-y vos preuves ; apprenez chacun un métier, et, quand vous reviendrez, celui qui montrera le mieux son savoir-faire héritera de la maison. »

La proposition leur plut ; l'aîné résolut d'être maréchal-ferrant, le deuxième barbier et le troisième maître d'armes. Ils se séparèrent après être convenus de se retrouver chez leur père à jour fixe. Chacun d'eux se mit chez un bon maître qui lui apprit son métier à fond. Le maréchal eut à ferrer les chevaux du roi ; il croyait bien que la maison serait pour lui. Le barbier rasa de grands seigneurs, et il pensait bien aussi tenir la maison. Quant à l'apprenti maître d'armes, il reçut plus d'un coup de fleuret, mais il serrait les dents et ne se laissait pas décourager : « Car, pensait-il, si j'ai peur, la maison ne sera pas pour moi. »

Quand le temps fixé fut arrivé, ils revinrent tous les trois chez leur père. Mais ils ne savaient comment faire naître l'occasion de montrer leurs talents. Comme ils causaient entre eux de leur embarras, il vint à passer un lièvre courant dans la plaine. « Parbleu, dit le barbier, celui-ci vient comme marée en carême. » Saisissant son plat à barbe et son savon, il prépara de la mousse jusqu'à ce que l'animal fut tout près, et, courant après lui, il le savonna à la course et lui rasa la moustache sans l'arrêter, sans le couper le moins du monde ni lui déranger un poil sur le reste du corps. « Voilà qui est bien, dit le père ; si tes frères ne font pas mieux, la maison t'appartiendra. »

Un instant après passa une voiture de poste lancée à fond de train. « Mon père, dit le maréchal, vous allez voir ce que je sais faire. » Et, courant après la voiture, il enleva à un des chevaux en plein galop les quatre fers de ses pieds et lui en remit quatre autres. « Tu es un vrai gaillard, dit le père, et tu vaux ton frère ; je ne sais en vérité comment décider entre vous deux. »

Mais le troisième dit : « Mon père, accordez-moi aussi mon tour. » Et, comme il commençait à pleuvoir, il tira son épée et l'agita en tout sens sur sa tête, de manière à ne pas recevoir une seule goutte d'eau. La pluie augmenta et tomba enfin comme si on l'eût versée à seaux ; il para toute l'eau avec son épée, et resta jusqu'à la fin aussi peu mouillé que s'il eût été à couvert dans sa chambre. Le père, voyant cela, ne put cacher son étonnement : « Tu l'emportes, dit-il, la maison est à toi. »

Les deux autres, pleins d'une égale admiration, approuvèrent le jugement du père. Et, comme ils s'aimaient beaucoup entre eux, ils restèrent tous trois ensemble dans la maison à exercer leur état et ils y gagnèrent beaucoup d'argent, et vécurent heureux jusqu'à un âge avancé. L'un d'eux étant mort alors, les deux autres en prirent un tel chagrin qu'ils tombèrent malades et moururent aussi. Et, à cause de leur habileté commune et de leur affection réciproque, on les enterra tous trois dans le même tombeau.

LE FUSEAU, LA NAVETTE ET L'AIGUILLE

Il était une jeune fille qui avait perdu ses parents dans son bas âge. Elle avait une marraine, qui habitait toute seule une petite chaumière au bout du village, et qui vivait des produits de son aiguille, de sa navette et de son fuseau. Cette bonne vieille prit avec elle l'orpheline, lui apprit à travailler et l'éleva dans la piété et la crainte de Dieu. Quand la jeune fille eut atteint 15 ans, sa marraine tomba malade, et, l'appelant près de son lit, elle lui dit : « Chère enfant, je sens que ma fin est proche ; je te laisse ma chaumière : elle te protégera contre le vent et la pluie ; je te donne aussi mon fuseau, ma navette et mon aiguille, qui te serviront à gagner ton pain. » Puis, lui posant la main sur la tête, elle la bénit en disant : « Conserve Dieu dans ton cœur, et le bonheur t'arrivera. » Là-dessus ses yeux se fermèrent ; la pauvre fille accompagna son cercueil en pleurant et lui rendit les derniers devoirs.

Désormais elle vécut toute seule, travaillant avec courage à filer, à tisser et à coudre ; et la bénédiction de la bonne vieille la protégeait en toutes choses. On aurait dit que sa provision de lin était inépuisable, et, à mesure qu'elle avait tissé une pièce de toile ou cousu une chemise, il se présentait aussitôt un acheteur qui la payait généreusement ; de telle sorte que non seulement elle n'était pas dans le besoin, mais elle pouvait encore donner aux pauvres.

Vers le même temps, le fils du roi se mit à parcourir le pays pour chercher femme. Il n'en pouvait pas choisir une pauvre et n'en voulait pas une riche. Aussi disait-il qu'il prendrait celle qui serait à la fois la plus riche et la plus pauvre. En arrivant dans le village où demeurait notre jeune fille, il demanda, comme à son ordinaire, qu'on lui indiquât la plus pauvre et la plus riche de l'endroit. On lui désigna tout de suite la seconde ; quant à la première, lui dit-on, ce devait être la jeune fille qui demeurait dans une chaumière isolée tout au bout du hameau.

Quand le prince passa, la riche était en grande toilette devant sa porte : elle se leva et alla à sa rencontre avec un grand salut. Mais il la regarda et, continuant son chemin sans dire un mot, arriva à la chaumière de la pauvre fille : celle-ci n'était pas sur sa porte, mais enfermée dans sa chambre. Il arrêta son cheval et regarda à travers la fenêtre dans l'appartement, qu'éclairait un rayon de soleil : elle était assise devant son rouet et filait avec ardeur. De son côté, elle aperçut furtivement le prince qui la regardait ; mais elle en devint toute rouge et continua de filer en baissant les yeux : seulement je ne garantirais pas que son fil fût bien égal. Elle fila toujours jusqu'à ce que le prince fût parti. Dès qu'elle ne le vit plus, elle courut ouvrir la fenêtre en disant : « Il fait si chaud ici ! » et elle le suivit des yeux tant qu'elle put apercevoir la plume blanche de son chapeau.

À la fin elle se rassit et se remit à filer. Mais il lui revint à la mémoire un refrain qu'elle avait souvent entendu répéter à sa vieille marraine, et elle chanta ainsi :

> Cours, fuseau ; que rien ne t'arrête ;
> Conduis ici mon bien-aimé.

Qu'arriva-t-il ? Le fuseau s'élança tout à coup de ses mains et se précipita dehors ; elle le suivit des yeux toute stupéfaite ; il courait en dansant à travers champs et laissait après lui un fil d'or. En peu de temps il fut trop loin pour qu'elle pût le voir. N'ayant plus de fuseau, elle prit sa navette et se mit à tisser.

Le fuseau continuait de courir, et, quand son fil fut au bout, il avait rejoint le prince. « Que vois-je ? s'écria celui-ci ; ce fuseau veut me conduire quelque part. » Il retourna son cheval et suivit au galop le fil d'or. La jeune fille continuait de travailler en chantant :

> Cours après lui, chère navette ;
> Ramène-moi mon fiancé.

Aussitôt la navette s'échappa de ses mains et s'élança vers la porte. Mais à partir du seuil elle commença à tisser un tapis plus beau que tout ce qu'on a jamais vu. Des deux côtés fleurissaient des guirlandes de roses et de lis, et au milieu, des pampres verts sortaient d'un fond d'or ; des lièvres et des lapins sautaient dans le feuillage, des cerfs et des chevreuils passaient leur tête à travers ; dans les branches étaient perchés des oiseaux de mille couleurs auxquels il ne manquait que de chanter. La navette continuait de courir et l'œuvre avançait merveilleusement.

N'ayant plus sa navette, la jeune fille prit son aiguille et se mit à chanter :

> Il va venir, chère aiguillette ;
> Que tout ici soit préparé.

Aussitôt l'aiguille, s'échappant de ses doigts, se mit à courir par la chambre, rapide comme l'éclair. C'était comme si des esprits invisibles s'en fussent mêlés : la table et les bancs se couvraient de tapis verts, les chaises s'habillaient de velours, et les murs d'une tenture de soie.

À peine l'aiguille avait-elle piqué son dernier point que la jeune fille vit passer devant la fenêtre les plumes blanches du chapeau du prince, que le fil d'or avait ramené : il entra dans la chaumière en passant sur le tapis, et dans la chambre il vit la jeune fille, toujours vêtue de ses pauvres habits, mais brillant cependant au milieu de ce luxe improvisé comme une rose églantine sur un buisson. « Tu es bien la plus pauvre et la plus riche, s'écria-t-il ; viens, tu seras ma femme. » Elle lui tendit la main sans rien répondre. Il lui donna un baiser, et, l'ayant fait monter à cheval avec lui, il l'emmena à la cour, où la noce fut célébrée avec une grande joie.

Le fuseau, la navette et l'aiguille furent conservés précieusement dans le trésor royal.

LA GARDEUSE D'OIES
PRÈS DE LA FONTAINE

Il y avait une fois une vieille bonne femme, qui vivait avec son troupeau d'oies dans une solitude entre des montagnes, et avait là une petite maison. Cette solitude était entourée d'une grande forêt, et chaque matin la vieille prenait sa béquille et s'en allait au bois d'un pas branlant. Une fois là, la bonne vieille s'occupait très activement, bien plus qu'on ne l'aurait cru à voir son grand âge ; elle ramassait de l'herbe pour ses oies, cueillait des fruits sauvages aussi haut qu'elle pouvait atteindre, et rapportait tout cela sur son dos. On aurait pensé qu'elle devait succomber sous un pareil fardeau, mais elle le rapportait toujours heureusement au logis. Quand elle rencontrait quelqu'un, elle le saluait très amicalement : « Bonjour cher voisin, il fait beau aujourd'hui. Cela vous étonne sans doute que je traîne cette herbe, mais chacun doit porter sa charge sur son dos. » Pourtant les gens n'aimaient pas à la rencontrer ; ils préféraient faire un détour, et si un père passait près d'elle avec son petit garçon, il lui disait tout bas : « Prends garde à cette vieille, elle est rusée comme un démon, c'est une sorcière. »

Un matin, un beau jeune homme traversait la forêt. Le soleil brillait, les oiseaux chantaient, un vent frais soufflait dans le feuillage, et le jeune homme était joyeux et en belle humeur. Il n'avait encore rencontré âme qui vive, quand tout à coup il aperçut la vieille sorcière accroupie sur ses genoux et coupant de l'herbe avec sa faucille. Elle en avait déjà amassé toute une charge dans son sac, et à côté d'elle étaient deux grands paniers tout remplis de poires et de pommes sauvages.

« La mère, lui dit-il, comment pensez-vous emporter tout cela ?

— Il faut que je le porte, mon cher monsieur, répondit-elle ; les enfants des riches ne connaissent pas ces fatigues-là. Mais au paysan on lui dit :

> Il ne faut voir que devant soi
> Quand on est bossu comme toi.

Voulez-vous m'aider ? ajouta la vieille, voyant qu'il s'arrêtait ; vous avez encore les épaules droites et les jambes solides ; ce sera peu de chose pour vous. D'ailleurs ma maison n'est pas loin d'ici : elle est dans une bruyère, là, derrière la colline. Vous aurez grimpé là-haut en un instant. »

Le jeune homme se sentit touché de compassion pour la vieille et lui dit : « Il est vrai que mon père n'est point un paysan, mais un riche comte ; pourtant, afin que vous voyiez que les paysans ne sont pas les seuls qui sachent porter un fardeau, je me chargerai du vôtre.

— Si vous voulez bien, reprit la vieille, cela me fera plaisir. Il y aura pour vous une heure à marcher ; mais que vous importe ? Vous porterez aussi les poires et les pommes. »

Le jeune comte commença un peu à réfléchir quand on lui parla d'une heure de marche ; mais la vieille ne lâcha pas prise : elle attacha le sac à son dos et pendit à ses mains les deux corbeilles « Vous voyez, dit-elle, cela ne pèse pas.

— Point, cela pèse beaucoup, reprit le comte en faisant une triste grimace ; votre sac est si lourd qu'on dirait qu'il est rempli de pierres de taille ; et les pommes et les poires sont pesantes comme du plomb ; c'est à peine si je me sens la force de respirer. »

Il avait grande envie de déposer sa charge, mais la vieille ne le permit pas. « Voyez, je vous prie, dit-elle d'un ton moqueur, ce jeune homme ne peut pas porter ce que j'ai traîné souvent, vieille comme je suis. Ils sont tous prêts à vous assister en paroles ; mais, si on vient au fait, ils ne demandent qu'à s'esquiver. Pourquoi, ajouta-t-elle, restez-vous ainsi à barguigner ? En marche ; personne maintenant ne vous délivrera de ce fardeau. »

Tant que l'on fut en plaine, le jeune homme pouvait y tenir ; mais quand ils eurent atteint la montagne et qu'il fallut gravir, quand les pierres roulèrent derrière lui comme si elles eussent été vivantes, la fatigue se trouva au-dessus de ses forces. Les gouttes de sueur baignaient son front et coulaient tantôt froides et tantôt brûlantes sur son corps, « La mère, dit-il, je n'en peux plus ; je vais me reposer un peu.

— Non, dit la vieille ; quand nous serons arrivés vous pourrez vous reposer ; maintenant il faut marcher. Qui sait si cela ne vous sera pas bon à quelque chose ?

— Vieille, tu es une effrontée », dit le comte. Et il voulut se défaire du sac, mais il perdit sa peine ; le sac était aussi bien attaché que s'il n'eût fait qu'un avec son dos. Il se tournait et se retournait, mais sans réussir à se dégager.

La vieille se mit à rire et à sauter toute joyeuse sur sa béquille. « Ne vous fâchez pas, mon cher monsieur, dit-elle ; vous voilà en vérité rouge comme un coq ; portez votre fardeau patiemment ; quand nous serons arrivés à la maison, je vous donnerai un bon pourboire. »

Qu'eût-il pu faire ? Il fallait se soumettre et se traîner patiemment derrière la vieille. Elle semblait devenir plus leste de moment en moment, et son fardeau à lui devenait plus lourd. Tout d'un coup elle prit son élan, sauta sur le sac et s'assit dessus : tout étique qu'elle était, elle pesait pourtant plus que la plus grosse villageoise. Les genoux du jeune homme tremblaient ; mais, quand il s'arrêtait, la vieille lui frappait les jambes avec une baguette et des chardons. Il gravit tout haletant la montagne et arriva enfin à la maison de la vieille, au moment même où il allait succomber à l'effort. Quand les oies aperçurent la vieille, elles étendirent leurs ailes en haut, le cou en avant, et coururent au-devant d'elle en poussant leur cri :

« Houle, houle ! » Derrière le troupeau marchait avec une baguette à la main une vieille créature, grande et forte, mais laide comme la nuit. « Mère, dit-elle à la vieille, vous est-il arrivé quelque chose ? vous êtes restée absente bien longtemps.

— Point du tout, mon enfant, répondit-elle, il ne m'est rien arrivé de fâcheux ; au contraire, ce bon monsieur que tu vois m'a porté mon fardeau ; et encore, comme j'étais fatiguée, il m'a prise moi-même sur son dos. Le chemin ne nous a point du tout paru long, nous étions en bonne humeur, et n'avons cessé d'échanger de bons mots. »

Enfin la vieille se laissa glisser à terre ; elle enleva la charge du dos du jeune homme, les corbeilles de ses mains, le regarda gracieusement et lui dit : « Maintenant, asseyez-vous sur le banc devant la porte, et reposez-vous. Vous avez loyalement gagné votre salaire : aussi ne le perdrez-vous pas. » Puis elle dit à la gardeuse d'oies : « Rentre dans la maison, mon enfant ; il n'est pas convenable que tu restes seule avec ce jeune monsieur ; il ne faut pas verser de l'huile sur le feu ; il pourrait bien devenir amoureux de toi. »

Le comte ne savait s'il devait rire ou pleurer.

« Une mignonne de cette façon, pensa-t-il tout bas, eût-elle trente ans de moins, ne me chatouillerait pas le cœur. » Cependant la vieille choya, caressa les oies comme des enfants, puis rentra avec sa fille dans la maison. Le jeune homme s'étendit sur le banc, sous un pommier sauvage. L'atmosphère était douce et tiède ; autour de lui s'étendait une vaste prairie, émaillée de primevères, de thym sauvage et de mille autres fleurs : au milieu murmurait un clair ruisseau, éclairé des rayons du soleil ; et les oies blanches se promenaient sur les bords ou se plongeaient dans l'eau. « Cet endroit est délicieux, dit-il ; mais je suis si fatigué, que je ne puis tenir les yeux ouverts ; je veux dormir un peu. Pourvu qu'un coup de vent ne vienne pas enlever mes jambes ; car elles sont molles comme de l'amadou. »

Quand il eut dormi un instant, la vieille vint et le réveilla en le secouant. « Lève-toi, dit-elle ; tu ne peux rester ici. Je t'ai un peu tourmenté, il est vrai, mais il ne t'en a pourtant pas coûté la vie. Maintenant je veux te donner ton salaire ; tu n'as pas besoin d'argent ni de bien ; je t'offre autre chose. »

En disant cela, elle lui mit en main une petite boîte taillée dans une seule émeraude. « Garde-la bien, lui dit-elle, elle te portera bonheur. »

Le comte se leva, et sentant qu'il était frais et avait repris ses forces, il remercia la vieille de son présent et se mit en route, sans songer un instant à chercher de l'œil la belle enfant. Il était déjà à quelque distance qu'il entendait encore dans le lointain le cri joyeux des oies.

Le comte resta trois jours égaré dans la solitude avant de pouvoir retrouver son chemin. Enfin, il arriva à une grande ville, et comme il n'y était connu de personne, il se fit conduire au palais du roi, où le prince et sa femme étaient assis sur un trône. Le comte mit un genou en terre, tira de sa poche la boîte en émeraude et la déposa aux pieds de la reine. Elle lui commanda de se lever, et il vint lui présenter la boîte. Mais à peine l'avait-elle ouverte et y avait-elle regardé qu'elle tomba à terre comme morte. Le comte fut saisi par les serviteurs du roi, et il allait être conduit en prison, quand la reine ouvrit les yeux et ordonna qu'on le laissât libre et que chacun sortît, parce qu'elle voulait l'entretenir en secret.

Quand la reine fut seule, elle se mit à pleurer amèrement et dit : « À quoi me servent l'éclat et les honneurs qui m'environnent ? Tous les matins je m'éveille dans les soucis et l'affliction. J'ai eu trois filles, dont la plus jeune était si belle que tout le monde la regardait comme une merveille. Elle était blanche comme la neige, rose comme la fleur du pommier, et ses cheveux brillaient comme les rayons du soleil. Quand elle pleurait, ce n'était pas des larmes qui tombaient de ses yeux, mais des perles et des pierres précieuses. Lorsqu'elle fut arrivée à l'âge de 15 ans, le roi fit venir ses trois filles devant son trône. Il aurait fallu voir comme on ouvrait les yeux quand la plus jeune entra ; on croyait assister au lever du soleil. Le roi dit : "Mes filles, je ne sais pas quand viendra mon dernier jour ; je veux régler dès aujourd'hui ce que chacune de vous recevra après ma mort. Vous m'aimez toutes les trois, mais celle de vous qui m'aime le mieux aura aussi la meilleure part." Chacune dit que c'était elle qui aimait le mieux son père. "Ne pourriez-vous, reprit le roi, m'exprimer combien vous m'aimez ? Je saurai ainsi quels sont vos sentiments." L'aînée dit : "J'aime mon père comme le sucre le plus délicieux." La seconde : "J'aime mon père comme le plus beau vêtement." Mais la plus jeune garda le silence. "Et toi, lui dit son père, comment m'aimes-tu ? — Je ne sais pas, répondit-elle, et ne puis comparer mon amour à rien." Mais le père insista pour qu'elle désignât un objet. Enfin elle dit : "Le meilleur mets n'a pas de goût pour moi sans sel ; eh bien ! j'aime mon père comme le sel." Quand le roi entendit cela, il entra en colère et dit : "Puisque tu m'aimes comme le sel, c'est avec du sel aussi que je récompenserai ton amour." Il partagea donc son royaume entre les deux aînées ; mais pour la plus jeune il lui fit attacher un sac de sel sur le dos, et deux serviteurs eurent ordre de la conduire dans une forêt sauvage. Nous avons tous pleuré et prié pour elle, dit la reine ; mais il n'y a pas eu moyen d'apaiser la colère du roi. Comme elle a pleuré, quand il lui a fallu nous quitter ! Toute la route a été semée de perles qui étaient tombées de ses yeux. Le roi n'a pas tardé à se repentir de sa dureté, et a fait chercher la pauvre enfant dans toute la forêt, mais personne n'a pu la trouver. Quand je pense que les bêtes sauvages l'ont mangée, je n'en puis plus de tristesse ; souvent je me console par l'espérance qu'elle vit encore, qu'elle s'est cachée dans une caverne ou qu'elle a trouvé une retraite chez des gens charitables. Mais imaginez que, quand j'ai ouvert votre boîte d'émeraude, elle renfermait une perle toute semblable à celles qui coulaient des yeux de ma fille, et alors vous pouvez comprendre combien à cette vue mon cœur a été touché. Il faut que vous me disiez comment vous êtes arrivé à posséder cette perle. »

Le comte lui apprit qu'il l'avait reçue de la vieille de la forêt, qui lui avait paru avoir quelque chose d'étrange et devait être une sorcière, mais qu'il n'avait rien vu ni entendu qui eût rapport à sa fille. Le roi et la reine prirent la résolution d'aller trouver la vieille ; ils pensaient que là où s'était rencontrée la perle, ils obtiendraient aussi des nouvelles de leur enfant.

La vieille, dans sa solitude, était assise à la porte près de son rouet et filait. Il faisait déjà sombre, et quelques copeaux qui brûlaient dans l'âtre ne répandaient qu'une faible clarté. Tout à coup on entendit du bruit au-dehors ; les oies revinrent de la bruyère au logis, en poussant leur cri le plus enroué. Bientôt après la fille entra à son tour. La vieille la salua à peine et se contenta de secouer un peu la tête. La fille s'assit près d'elle, prit son rouet et tourna le fil aussi légèrement qu'une jeune fille aurait pu le faire. Elles restèrent ainsi assises pendant deux heures, sans dire un seul mot. Enfin quelque chose fit du bruit près de la fenêtre, et on y vit briller deux yeux flamboyants. C'était une vieille chouette, qui cria trois fois : « Hou, hou. » La vieille leva à peine les yeux et dit : « Il est temps, ma fille, que tu sortes pour aller faire ta tâche. »

Elle se leva et sortit. Où allait-elle donc ? Loin, bien loin dans la prairie, jusqu'à la vallée. Enfin elle arriva au bord d'une fontaine, près de laquelle se trouvaient trois chênes. Cependant la lune avait monté ronde et pleine et au-dessus de la montagne, et elle était si brillante qu'on aurait pu trouver une épingle. La fille enleva une peau qui couvrait son visage, se pencha vers la fontaine et commença à se laver. Quand elle eut fini, elle plongea la peau dans l'eau de la source, et l'étendit sur l'herbe pour qu'elle blanchît et séchât au clair de lune. Mais comme la fille était changée ! Vous n'avez jamais rien vu de semblable ! Quand elle eut détaché sa tresse grise, ses cheveux dorés étincelèrent comme des rayons de soleil et s'étendirent comme un manteau sur toute sa personne. Ses yeux luisaient comme les étoiles au ciel, et ses joues avaient l'éclat doucement rosé de la fleur du pommier.

Mais la belle jeune fille était triste. Elle s'assit et pleura amèrement. Les larmes tombaient l'une après l'autre de ses yeux et roulaient entre ses longs cheveux jusqu'à terre. Elle était là, et elle fut demeurée ainsi longtemps si le bruit de quelques branches qui craquaient dans un arbre voisin ne fût arrivé à ses oreilles. Elle bondit comme un chevreuil qui a entendu le coup de fusil du chasseur. La lune était justement voilée par un nuage sombre ; en un instant la jeune fille se trouva recouverte de la vieille peau et disparut comme une lumière soufflée par le vent.

Tremblant comme la feuille du peuplier, elle courut vers la maison. La vieille était debout à la porte, et la jeune fille voulut lui conter ce qui lui était arrivé ; mais la vieille sourit de bonne grâce et dit : « Je sais tout déjà. » Elle la conduisit dans la chambre et alluma quelques copeaux. Mais elle ne se rassit pas près de son rouet ; elle prit un balai et commença à balayer et à épousseter. « Tout doit être propre et net ici, dit-elle à la jeune fille.

— Mais, ma mère, reprit celle-ci, pourquoi commencer ce travail à une heure si avancée ? Quelle est votre pensée ?

— Sais-tu quelle heure il est ? demanda la vieille.

— Il n'est pas encore minuit, répondit la jeune fille, mais onze heures sont passées.

— Ne songes-tu pas, continua la vieille, qu'il y a aujourd'hui trois ans que tu es venue chez moi ? Ton temps est fini ; nous ne pouvons plus rester ensemble. »

La jeune fille fut tout effrayée et dit : « Ah ! bonne mère, voulez-vous me chasser ? Où irai-je ? Je n'ai point d'amis, point de patrie où je puisse chercher un asile. J'ai fait tout ce que vous avez voulu, et vous avez toujours été contente de moi ; ne me renvoyez pas. »

La vieille ne voulait pas dire à la jeune fille ce qui allait lui arriver. « Je ne peux rester ici plus longtemps, lui dit-elle ; mais quand je quitterai ce logis, il faut que la maison et la chambre soient propres ; ne m'arrête donc point dans mon travail. Pour toi, sois sans inquiétude ; tu trouveras un toit où tu pourras habiter, et tu seras contente aussi de la récompense que je te donnerai.

— Mais dites-moi ce qui va se passer, demanda encore la jeune fille.

— Je te le répète, ne me trouble pas dans mon travail. Ne dis pas un mot de plus ; va dans la chambre, quitte la peau qui couvre ta figure, et prends ta robe de soie que tu portais quand tu es venue chez moi ; puis reste dans ta chambre jusqu'à ce que je t'appelle. »

Mais il faut que je revienne à parler du roi et de la reine, qui étaient partis avec le comte pour aller trouver la vieille dans sa solitude. Le comte s'était séparé d'eux pendant la nuit et se trouvait forcé de continuer sa route tout seul. Le lendemain, il lui sembla qu'il était dans le bon chemin ; il marcha donc jusqu'à l'approche des ténèbres ; alors il monta sur un arbre pour y passer la nuit, car il craignait de s'égarer. Quand la lune éclaira le pays, il aperçut une personne qui descendait la montagne. Elle n'avait point de baguette à la main ; pourtant il crut reconnaître que c'était la gardeuse d'oies qu'il avait vue dans la maison de la vieille. « Oh ! dit-il, elle vient, et je vois ici une des deux sorcières ; l'autre ne peut pas non plus m'échapper. »

Mais quel fut son étonnement quand il la vit s'approcher de la fontaine, se dépouiller de la peau pour se laver, quand ses cheveux dorés se déroulèrent sur elle, et qu'elle se montra belle plus qu'il n'avait vu aucune femme au monde ! À peine osait-il respirer, mais il allongeait le cou à travers le feuillage autant qu'il pouvait, et il la regardait sans détourner les yeux ; soit qu'il se fût penché trop, ou pour une autre cause, une branche vint à craquer tout à coup, et au même instant la jeune fille se trouva cachée sous la peau ; elle bondit comme un chevreuil, et la lune s'étant voilée en ce moment, elle fut dérobée à son regard.

À peine avait-elle disparu que le comte descendit de l'arbre et se mit à la poursuivre en toute hâte. Il n'avait fait que quelques pas, lorsqu'il vit dans le crépuscule deux personnes qui marchaient à travers la prairie. C'étaient le roi et la reine, qui de loin avaient aperçu une lumière dans la maison de la vieille, et s'étaient dirigés de ce côté. Le comte leur raconta quelles merveilles il avait vues près de la fontaine, et ils ne doutèrent point que celle dont il parlait ne fût leur fille perdue. Ils avancèrent tout joyeux, et arrivèrent bientôt à la maison. Les oies étaient rangées alentour ; elles dormaient la tête cachée sous les ailes, et aucune ne bougeait. Ils regardèrent en dedans du logis par la fenêtre et aperçurent la vieille qui était assise tranquillement et filait, penchant la tête et sans détourner les yeux. Tout était propre dans la chambre, comme si elle eût été habitée par ces petits sylphes aériens qui n'ont point de poussière à leurs pieds. Mais ils ne virent point leur fille. Ils considérèrent tout cela pendant quelques instants ; enfin ils prirent courage et frappèrent doucement à la fenêtre.

On eût dit que la vieille les attendait, car elle se leva et cria d'une voix amicale : « Entrez, je vous connais. »

Quand ils furent entrés dans la chambre, la vieille dit : « Vous auriez pu vous épargner cette longue route, si vous n'aviez pas, il y a trois ans, renvoyé injustement votre fille, qui est si bonne et si gracieuse. Elle n'y a rien perdu, car elle a pendant trois ans gardé les oies : durant tout ce temps-là, elle n'a rien appris de mauvais et a conservé la pureté de son cœur. Mais vous êtes suffisamment punis par l'inquiétude où vous avez vécu. » Puis elle s'approcha de la chambre et dit : « Sors, ma chère enfant. »

La porte s'ouvrit, et la fille du roi sortit vêtue de sa robe de soie, avec des cheveux dorés et ses yeux brillants ; on aurait dit un ange qui descendait du ciel. Elle courut vers son père et sa mère, s'élança à leur cou et les embrassa ; tous pleurèrent de joie, sans pouvoir s'en empêcher. Le jeune comte se tenait près d'eux, et, quand elle le vit, son visage devint rouge comme une rose moussue ; elle-même ne savait pas pourquoi. Le roi dit : « Chère enfant, j'ai partagé mon royaume, que pourrai-je te donner ?

— Elle n'a besoin de rien, dit la vieille, je lui donne les larmes qu'elle a versées pour vous ; ce sont autant de perles plus belles que celles qu'on trouve dans la mer, et elles sont d'un plus grand prix que tout votre royaume. Et pour récompense de ses services je lui donne ma petite maison. »

Comme elle achevait ses mots, la vieille disparut. Ils entendirent les murs craquer légèrement, et, comme ils se retournaient, la petite maison se trouva changée en un palais superbe ; une table royale était servie et des domestiques allaient et venaient alentour.

L'histoire continue encore ; mais ma grand-mère, qui me l'a racontée, avait un peu perdu la mémoire : elle avait oublié le reste. Je crois pourtant que la belle fille du roi se maria au comte, qu'ils restèrent ensemble dans le palais, et qu'ils y vécurent dans la plus grande félicité aussi longtemps que Dieu voulut. Si les oies blanches, qui étaient gardées près de la maison, étaient autant de jeunes filles (ne vous avisez point d'y entendre malice), que la vieille avait recueillies près d'elle, si elles reprirent leur figure humaine et restèrent en qualité de suivantes près de la jeune reine, c'est ce que je ne sais pas bien, mais je le conjecture. Ce qui est certain, c'est que la vieille n'était point une sorcière, mais une bonne fée qui ne voulait que le bien. Probablement c'était elle aussi qui avait accordé à la fille du roi, dès sa naissance, le don de pleurer des perles au lieu de larmes. Cela ne se voit plus aujourd'hui, sans cela les pauvres seraient bientôt devenus riches.

L'ONDINE DE L'ÉTANG

Il y avait une fois un meunier qui vivait heureusement avec sa femme. Ils avaient de l'argent et du bien, et leur prospérité croissait d'année en année. Mais le malheur, dit le proverbe, vient pendant la nuit ; leur fortune diminua d'année en année, comme elle s'était accrue, et à la fin le meunier eut à peine le droit d'appeler sa propriété le moulin qu'il occupait. Il était fort affligé, et, quand il se couchait le soir après son travail, il ne goûtait plus de repos, mais s'agitait tout soucieux dans son lit. Un matin, il se leva avant l'aube du jour et sortit pour prendre l'air, imaginant qu'il se sentirait le cœur soulagé. Comme il passait près de l'écluse de son moulin, le premier rayon du soleil commençait à poindre, et il entendit un peu de bruit dans l'étang. Il se retourna, et aperçut une belle femme qui s'élevait lentement du milieu de l'eau. Ses longs cheveux, qu'elle avait ramenés de ses mains délicates sur ses épaules, descendaient des deux côtés et couvraient son corps d'une éclatante blancheur. Il vit bien que c'était l'ondine de l'étang, et, tout effrayé, il ne savait s'il devait rester ou s'enfuir. Mais l'ondine fit entendre sa douce voix, l'appela par son nom et lui demanda pourquoi il était si triste. Le meunier resta muet d'abord ; mais, l'entendant parler si gracieusement, il prit courage et lui raconta qu'il avait jadis vécu dans le bonheur et la richesse, mais qu'il était maintenant si pauvre qu'il ne savait plus que faire.

« Sois tranquille, répondit l'ondine, je te rendrai plus riche et plus heureux que tu ne l'as jamais été ; seulement il faut que tu me promettes de me donner ce qui vient de naître dans ta maison.

— C'est quelque jeune chien ou un jeune chat sans doute », se dit tout bas le meunier. Et il lui promit ce qu'elle demandait.

L'ondine se replongea dans l'eau, et il retourna bien vite, consolé et tout joyeux, à son moulin. Il n'y était pas arrivé encore que la servante sortit de la maison et lui cria qu'il n'avait qu'à se réjouir, que sa femme venait de lui donner un garçon. Le meunier demeura comme frappé du tonnerre : il vit bien que la malicieuse ondine avait su ce qui se passait et l'avait trompé. La tête basse, il s'approcha du lit de sa femme, et, quand elle lui demanda : « Pourquoi ne te réjouis-tu pas de la venue de notre beau garçon ? » il lui raconta ce qui lui était arrivé et la promesse qu'il avait faite à l'ondine. « À quoi me sert la prospérité et la richesse, ajouta-t-il, si je dois perdre mon enfant ? » Mais que faire ? Les parents eux-mêmes, qui étaient accourus pour le féliciter, n'y voyaient nul remède.

Cependant le bonheur rentra dans la maison du meunier. Ce qu'il entreprenait réussissait toujours ; il semblait que les caisses et les coffres se remplissaient tout seuls, et que l'argent se multipliait dans l'armoire pendant la nuit. Au bout de peu de temps, il se trouva plus riche que jamais. Mais il ne pouvait pas s'en réjouir tranquillement : la promesse qu'il avait faite à l'ondine lui déchirait le cœur. Chaque fois qu'il passait près de l'étang il craignait de la voir monter à la surface et lui rappeler sa dette. Il ne laissait pas l'enfant s'avancer près de l'eau. « Prends garde, lui disait-il, si tu y touches jamais, il en sortira une main qui te saisira et t'entraînera au fond. » Cependant comme les années s'écoulaient l'une après l'autre et que l'ondine ne reparaissait pas, le meunier commença à se tranquilliser.

L'enfant avait grandi, était devenu jeune homme, et on le plaça à l'école d'un chasseur. Quand il eut pris ses leçons et fut devenu lui-même un chasseur habile, le seigneur du village le fit entrer à son service. Il y avait dans le village une belle et honnête jeune fille qui plut au chasseur, et quand son maître s'en fut aperçu, il lui fit présent d'une petite maison ; ils célébrèrent leurs noces et vécurent heureux et tranquilles, s'aimant de tout leur cœur.

Un jour, le chasseur poursuivait un chevreuil. L'animal ayant débouché de la forêt dans la plaine, il le suivit, et d'un coup de feu l'étendit enfin par terre. Il ne remarqua point qu'il se trouvait tout près du dangereux étang, et, quand il eut vidé l'animal, il vint laver dans l'eau ses mains toutes tachées de sang. Mais à peine les avait-il plongées que l'ondine sortit du fond, l'enlaça en souriant dans ses bras humides et l'entraîna si vite que le flot se referma sur lui en jaillissant.

Quand le soir fut venu et que le chasseur ne rentra pas chez lui, sa femme entra dans une grande inquiétude. Elle sortit pour le chercher, et, comme il lui avait souvent raconté qu'il était obligé de se tenir en garde contre les embûches de l'ondine de l'étang et qu'il n'osait se hasarder dans le voisinage de l'eau, elle eut le soupçon de ce qui était arrivé. Elle courut à l'étang, et, quand elle vit près du bord sa gibecière, elle ne put plus douter de son malheur. Se lamentant et se tordant les mains, elle appela son bien-aimé par son nom, mais inutilement ; elle courut de l'autre côté de la rive, l'appela de nouveau, adressa à l'ondine les plus violentes injures, mais on ne lui fit aucune réponse. Le miroir de l'eau restait tranquille, et la face à demi pleine de la lune la regardait sans faire un mouvement.

La pauvre femme ne quittait point l'étang. D'un pas précipité, sans prendre de repos, elle en faisait et en refaisait le tour, tantôt en silence, tantôt en poussant de grands cris, tantôt en murmurant à voix basse. Enfin ses forces furent épuisées, elle s'affaissa sur la terre et tomba dans un profond sommeil. Bientôt elle eut un rêve.

Elle montait tout inquiète entre deux grandes masses de roches ; les épines et les ronces piquaient ses pieds, la pluie battait son visage et le vent agitait ses longs cheveux. Quand elle eut atteint le sommet de la montagne, un aspect tout différent s'offrit à elle. Le ciel était bleu, l'air tiède, la terre s'abaissait par une pente douce, et au milieu d'une prairie verdoyante et tout émaillée de fleurs était une jolie cabane. Elle s'en approcha et ouvrit la porte ; au-dedans était assise une vieille aux cheveux blancs qui lui fit un signe gracieux. Au même instant la pauvre femme s'éveilla. Le jour était déjà levé, et elle se décida à faire aussitôt ce que lui conseillait son rêve. Elle gravit péniblement la montagne, et elle trouva tout semblable à ce qu'elle avait vu dans la nuit. La vieille la reçut gracieusement et lui indiqua un siège où elle l'invitait à s'asseoir. « Sans doute tu as éprouvé quelque malheur, dit-elle, puisque tu viens visiter ma cabane solitaire. »

La femme lui raconta, tout en pleurant, ce qui lui était arrivé. « Console-toi, lui dit la vieille, je viendrai à ton secours : voici un peigne d'or. Attends jusqu'à la pleine lune, puis rends-toi près de l'étang, assieds-toi sur le bord, et passe ce peigne sur tes longs cheveux noirs. Quand tu auras fini, dépose-le sur le bord, et tu verras ce qui arrivera alors. »

La femme revint, mais le temps lui dura beaucoup jusqu'à la pleine lune. Enfin le disque arrondi brilla dans le ciel, alors elle se rendit près de l'étang, s'assit et passa le peigne d'or dans ses longs cheveux noirs ; et quand elle eut fini, elle s'assit au bord de l'eau. Bientôt après, le fond vint à bouillonner, une vague s'éleva, roula vers le bord et entraîna le peigne avec elle. Le peigne n'avait eu que le temps de toucher le fond, quand le miroir de l'eau se partagea : la tête du chasseur monta à la surface. Il ne parla point, mais regarda sa femme d'un œil triste. Au même instant, une seconde femme vint avec bruit et couvrit la tête du chasseur. Tout avait disparu, l'étang était tranquille comme auparavant, et la face de la lune y brillait.

La femme revint désespérée, mais un rêve lui montra la cabane de la vieille. Le matin suivant elle se mit en route et conta sa peine à la bonne fée. La vieille lui donna une flûte d'or et lui dit : « Attends jusqu'au retour de la pleine lune ; puis prends cette flûte, place-toi sur le bord, joue sur l'instrument un petit air, et, quand tu auras fini, dépose-la sur le sable, tu verras ce qui se passera alors. »

La femme fit ce que lui avait dit la vieille. À peine avait-elle déposé la flûte sur le sable que le fond de l'eau vint à bouillonner ; une vague s'éleva, s'avança vers le bord et entraîna la flûte avec elle. Bientôt après l'eau s'entr'ouvrit, et non seulement la tête du chasseur, mais lui-même jusqu'à la moitié du corps monta à la surface. Plein de désir il étendit ses bras vers elle, mais une seconde vague vint avec bruit, le couvrit et l'entraîna au fond. « Ah ! dit la malheureuse, que me sert de voir mon bien-aimé pour le perdre encore ? »

La tristesse remplit de nouveau son cœur, mais le rêve lui indiqua une troisième fois la maison de la vieille. Elle se mit en route, et la fée lui donna un rouet d'or, la consola et lui dit : « Tout n'est pas fini encore ; attends jusqu'à ce que vienne la pleine lune, puis prends le rouet, place-toi au bord, et file jusqu'à ce que tu aies rempli ton fuseau ; quand tu auras achevé, place le rouet près de l'eau, et tu verras ce qui se passera alors. »

La femme suivit ce conseil de point en point. Dès que la nouvelle lune se montra, elle porta le rouet d'or au bord de l'eau, et fila diligemment jusqu'à ce que son lin fût épuisé et que le fil eût rempli le fuseau. À peine le rouet fut-il déposé sur le bord que le fond de l'eau bouillonna plus violemment que jamais ; une forte vague s'avança et emporta le rouet avec elle. Bientôt la tête et le corps tout entier du chasseur montèrent à la surface. Vite il s'élança sur le bord, saisit sa femme par la main et s'enfuit. Mais à peine avaient-ils fait quelques pas que l'étang tout entier se souleva avec un horrible bouillonnement et se répandit avec une violence irrésistible dans la plaine. Déjà les deux fuyards voyaient la mort devant leurs yeux, quand la femme dans son angoisse appela la vieille à son aide, et en un instant ils furent changés, elle en crapaud, lui en gre-nouille. Le flot qui les avait atteints ne put les faire périr, mais il les sépara et les entraîna très loin l'un de l'autre.

Quand l'eau se fut retirée et qu'ils eurent remis le pied sur un terrain sec, ils reprirent leur forme humaine. Mais aucun des deux ne savait ce qu'était devenu l'autre ; ils se trouvaient parmi des hommes étrangers, qui ne connaissaient pas leur pays. De hautes montagnes et de profondes vallées les séparaient. Pour gagner leur vie, tous deux furent obligés de garder les moutons. Pendant plusieurs années ils conduisirent leurs troupeaux à travers les bois et les champs, accablés de tristesse et de regret.

Une fois, comme le printemps venait de refleurir, tous deux sortirent le même jour avec leurs troupeaux, et le hasard voulut qu'ils marchassent à la rencontre l'un de l'autre. Sur la pente d'une montagne éloignée, le mari aperçut un troupeau et dirigea ses moutons de ce côté. Ils arrivèrent ensemble dans la vallée, mais ne se reconnurent point ; pourtant ils se réjouissaient de n'être plus seuls. Depuis ce temps-là ils faisaient paître chaque jour leurs troupeaux l'un près de l'autre : ils ne se parlaient pas, mais ils se sentaient consolés. Un soir, comme la pleine lune brillait au ciel et que les moutons reposaient déjà, le berger tira sa flûte de son sac et en joua un air gracieux, mais triste. Quand il eut fini, il remarqua que la bergère pleurait amèrement. « Pourquoi pleures-tu ? lui demanda-t-il.

— Ah ! répondit-elle, c'est ainsi que brillait la pleine lune lorsque je jouai pour la dernière fois cet air sur la flûte, et que la tête de mon bien-aimé parut à la surface de l'eau. »

Il la regarda et ce fut comme si un voile était tombé de ses yeux ; il reconnut sa femme bien-aimée ; et en le regardant, comme la lune brillait sur son visage, elle le reconnut à son tour. Ils se jetèrent dans les bras l'un de l'autre, s'embrassèrent, et s'ils furent heureux, qu'on ne le demande point.

PETIT FRÈRE ET PETITE SŒUR

Petit frère prit petite sœur par la main et lui dit :
« Depuis que notre mère est morte, nous n'avons plus une
heure de bon temps ; notre belle-mère nous bat tous les
jours, et, si nous nous approchons d'elle, elle nous
repousse à coups de pied. Les croûtes de pain dur qui res-
tent sont notre nourriture, et le petit chien sous la table est
mieux traité que nous : on lui jette de temps en temps, à
lui, quelque bon morceau. Que Dieu ait pitié de nous !...
Si notre mère le savait !... Viens, nous essayerons tous les
deux de courir le monde. »

Ils marchèrent tout le jour à travers les prés, les champs
et les pierres, et, quand il pleuvait, la petite sœur disait :
« Le bon Dieu et nos pauvres cœurs pleurent ensemble ! »

Le soir ils arrivèrent à une grande forêt ; ils étaient si
épuisés par le chagrin, la faim et une longue route qu'ils
s'abritèrent dans le creux d'un arbre et s'endormirent.

Le lendemain, quand ils se réveillèrent, le soleil était
déjà très haut dans le ciel, et échauffait de ses rayons le
dedans de l'arbre. Le petit frère dit alors : « Petite sœur,
j'ai soif ; si je connaissais une source, j'irais m'y désalté-
rer ; il m'a semblé que j'en avais entendu murmurer une. »

Le petit frère se leva, prit sa petite sœur par la main, et
ils se mirent à chercher la source. Mais la méchante belle-
mère était sorcière ; elle avait bien vu les deux enfants se
mettre en chemin ; elle s'était glissée sur leurs traces, en
cachette, comme font les sorcières, et avait jeté un sort sur

toutes les sources de la forêt. Comme ils venaient de trouver une source qui coulait limpide sur les cailloux, le petit frère voulut y boire ; mais la petite sœur entendit la source qui disait en murmurant : « Celui qui boit de mon eau est changé en tigre ; celui qui boit de mon eau est changé en tigre. »

La sœur lui dit : « Je t'en prie, petit frère, ne bois pas ; autrement tu deviendrais tigre, et tu me mettrais en pièces. »

Le petit frère ne but pas, quoiqu'il eût grand-soif, et dit : « J'attendrai jusqu'à la prochaine source. »

Quand ils arrivèrent à la deuxième fontaine, la petite sœur entendit que celle-ci disait : « Celui qui boit de mon eau est changé en loup ; celui qui boit de mon eau est changé en loup. »

La petite sœur lui dit : « Petit frère, je t'en prie, ne bois pas : autrement tu serais changé en loup, et tu me mangerais. »

Le petit frère ne but pas et dit : « J'attendrai jusqu'à ce que nous arrivions à la source prochaine ; mais alors je boirai, quoi que tu puisses me dire : je suis trop dévoré par la soif. »

Quand ils arrivèrent à la troisième fontaine, la petite sœur entendit qu'elle murmurait ces mots : « Celui qui boit de mon eau est changé en chevreuil. »

La petite sœur lui dit : « Ah ! petit frère, je t'en prie, ne bois pas : autrement tu seras changé en chevreuil, et tu t'enfuiras loin de moi. »

Mais le petit frère s'était déjà agenouillé près de la fontaine, penché vers le bassin et abreuvé de son eau : à peine les premières gouttes avaient touché ses lèvres qu'il était transformé en chevreuil.

La petite sœur se mit à pleurer sur son pauvre petit frère ensorcelé, et le chevreuil pleurait aussi et restait tout triste auprès d'elle. Enfin la jeune fille lui dit : « Sois tranquille, mon cher petit chevreuil, je ne t'abandonnerai jamais. » Alors elle détacha sa jarretière dorée et la passa autour du cou du chevreuil ; puis elle arracha des joncs, et en tressa une cordelette. Elle y attacha l'animal, l'emmena et s'enfonça avec lui dans la forêt. Après avoir marché long-temps, ils arrivèrent enfin à une petite maison, et la jeune fille, ayant regardé au-dedans et reconnu qu'elle était vide, dit : « Nous pourrions nous arrêter ici et y demeurer. »

Alors elle chercha pour le petit chevreuil de l'ombre et de la mousse, afin qu'il pût reposer mollement, et chaque matin elle sortait, recueillait des racines, des fruits sauvages et des noix ; elle rapportait aussi de l'herbe fraîche que le chevreuil mangeait dans sa main, et il était content et bondissait joyeusement devant elle. Le soir, quand la petite sœur était fatiguée et avait récité sa prière, elle posait sa tête sur le dos du petit chevreuil, qui lui servait de coussin, et s'y endormait doucement. Si seulement le petit frère avait eu sa forme humaine, ç'aurait été là une vie très heureuse.

Ils passèrent ainsi quelque temps tout seuls dans ce lieu désert ; mais un jour il arriva que le roi du pays fit une grande chasse dans la forêt ; tout retentit des sons du cor, des aboiements des chiens et des cris joyeux des chasseurs. Le chevreuil entendit tout ce bruit, et il aurait bien voulu se trouver là. « Ah ! dit-il à sa sœur, laisse-moi me rapprocher de la chasse ; je n'y puis résister. » Et il la pria si longtemps qu'elle céda.

« Mais, lui dit-elle, ne manque pas de revenir le soir ; je fermerai ma porte à ces bruyants chasseurs ; pour que je puisse te reconnaître, frappe en disant : "C'est moi, chère sœur ; ouvre, mon *petit cœur*." Si tu ne dis pas cela, je n'ouvrirai point ma petite porte. »

Le chevreuil s'élança hors du logis, tout content et joyeux de se sentir en plein air. Le roi et ses chasseurs virent le bel animal et se mirent à sa poursuite, mais sans pouvoir l'atteindre ; quand ils se croyaient tout près de le tenir, il sauta par-dessus un buisson et disparut. Quand il ne fit plus clair, il courut à la maison et frappa en disant : « C'est moi, chère sœur ; ouvre, mon petit cœur. » La petite porte s'ouvrit, il s'élança dans la maison, et reposa toute la nuit sur sa couche moelleuse. Le lendemain matin, la chasse recommença, et, quand le chevreuil entendit de nouveau le son du cor et le tayaut des chasseurs, il n'eut plus de repos, et dit : « Petite sœur, ouvre-moi, il faut que je sorte. » La petite sœur lui ouvrit la porte en disant : « Ce soir au moins, ne manque pas de revenir et de dire le mot convenu. »

Quand le roi et ses chasseurs revirent le chevreuil avec son collier doré, ils le chassèrent tous, mais il était trop leste et trop agile pour se laisser atteindre ; enfin, pourtant, les chasseurs l'avaient cerné vers le soir, et l'un d'eux le blessa légèrement au pied, si bien qu'il boitait et qu'il s'échappa assez lentement. Un chasseur se glissa sur sa trace jusqu'à la petite maison ; il l'entendit comme il disait : « C'est moi, chère sœur ; ouvre-moi, mon petit cœur », et vit qu'on lui ouvrait la porte et qu'on la refermait aussitôt.

Le chasseur retint fidèlement tout cela, se rendit près du roi, et lui conta ce qu'il avait vu et entendu. Le roi dit : « Demain nous chasserons encore. »

La petite sœur avait été très effrayée quand elle avait vu le chevreuil revenir blessé ; elle essuya le sang de sa plaie, y appliqua des simples et lui dit : « Va reposer sur ta couche, cher petit chevreuil, pour te guérir. »

Mais la blessure était si légère que le lendemain le chevreuil ne se sentait plus de rien ; et quand il entendit encore le bruit de la chasse dans la forêt, il dit : « Je n'y puis plus tenir, il faut que je sois là ; on ne me prendra plus si aisément. »

La petite sœur pleura, et lui dit : « Cette fois ils te tueront, je ne te laisserai pas sortir.

— Je mourrai de chagrin ici, si tu me retiens, répondit-il ; quand j'entends le cor de chasse, il me semble que les pieds me brûlent. »

La petite sœur ne put résister ; le cœur gros, elle lui ouvrit la porte, et le chevreuil s'élança dispos et joyeux dans la forêt. Quand le roi l'aperçut, il dit à ses chasseurs : « Poursuivez-le tout le jour jusqu'à la nuit, mais que personne ne lui fasse de mal. »

Quand le soleil fut couché, le roi dit au chasseur : « Viens avec moi, et montre-moi la maison dont tu m'as parlé. »

Quand il fut arrivé à la porte, il frappa et dit : « C'est moi, chère sœur ; ouvre-moi, mon petit cœur. » La porte s'ouvrit, le roi entra, et devant lui il trouva une jeune fille, la plus belle qu'il eût jamais rencontrée.

La jeune fille eut peur quand elle vit qu'au lieu du petit chevreuil, c'était un roi qui entrait avec une couronne d'or sur la tête. Mais le roi la regarda avec douceur, lui présenta la main et lui dit : « Veux-tu venir avec moi dans mon palais et être ma femme bien-aimée ?

— Oh ! oui, répondit la jeune fille ; mais il faut que le chevreuil vienne avec moi, je ne peux pas l'abandonner. »

Le roi dit : « Il restera près de toi tant que tu vivras, et il ne manquera de rien. »

En ce moment le chevreuil entra en bondissant ; la petite sœur l'attacha à sa corde de jonc, prit la corde dans sa main, et sortit avec lui de la maison.

Le roi emmena la belle jeune fille dans son palais, où la noce fut célébrée avec une grande magnificence, et alors ce fut Sa Majesté la reine ; et ils vécurent longtemps heureux ensemble. Le chevreuil était soigné et choyé, et prenait ses ébats dans le jardin du palais. Cependant la méchante belle-mère, qui avait été cause que les deux enfants avaient quitté la maison paternelle, s'imaginait qu'infailliblement la petite sœur avait été dévorée par les bêtes sauvages de la forêt, et que le petit frère changé en chevreuil avait été tué par les chasseurs. Quand elle apprit qu'ils étaient si heureux et en si grande prospérité, l'envie et la haine se réveillèrent dans son cœur pour l'agiter et l'inquiéter, et elle n'eut plus d'autre souci que de trouver moyen de les replonger tous deux dans le malheur. Sa véritable fille, qui était laide comme les ténèbres et n'avait qu'un œil, lui faisait des reproches et lui disait : « Devenir reine, ce bonheur-là m'appartient, à moi.

— Sois tranquille, lui dit la vieille cherchant à l'apaiser, quand il en sera temps, tu me trouveras prête à te servir. »

En effet, quand le moment fut venu où la reine avait mis au monde un beau petit garçon, comme le roi se trouvait justement à la chasse, la vieille sorcière prit la figure de la femme de chambre, entra dans la chambre où la reine était couchée, et lui dit : « Venez, votre bain est prêt, il vous fera du bien et vous fortifiera ; vite, avant qu'il se refroidisse. » Sa fille l'accompagnait ; elles portèrent toutes deux la reine convalescente dans l'étuve, l'y déposèrent, puis se sauvèrent en toute hâte, et fermèrent la porte. Elles avaient eu soin d'allumer dans l'étuve un véritable feu d'enfer, afin que la belle jeune reine fût promptement étouffée.

Quand cela fut fait, la vieille prit sa fille, lui mit un bonnet sur la tête, et la coucha dans le lit de la reine à sa place. Elle lui donna aussi la forme et les traits de la reine ; seulement elle ne put lui rendre l'œil qu'elle avait perdu. Mais, pour que le roi ne le remarquât point, elle devait rester couchée sur le côté où elle était borgne. Le soir, quand le roi revint de la chasse et apprit qu'il lui était né un fils, il se réjouit de tout son cœur et voulut aller près du lit de sa chère femme, pour voir comment elle se trouvait. Mais la vieille lui dit bien vite : « Pour Dieu, n'ouvrez pas les rideaux ; la reine ne peut pas encore voir la lumière ; elle a besoin de repos. » Le roi s'en retourna, ne se doutant point qu'une fausse reine était couchée dans son lit.

Mais quand minuit fut venu, comme tout le monde dormait, la nourrice, qui était dans la chambre de l'enfant, près de son berceau, et qui veillait toute seule, vit la porte s'ouvrir et la véritable mère entrer. Elle prit l'enfant dans le berceau, le posa sur son bras et lui donna à boire. Puis elle remua son coussin, replaça l'enfant et étendit sur lui la couverture. Elle n'oublia pas non plus le petit chevreuil ; elle s'approcha du coin où il reposait, et lui caressa le dos avec la main. Puis elle sortit sans dire un mot ; et le lendemain, quand la nourrice demanda aux gardes si quelqu'un était entré dans le palais pendant la nuit, ils répondirent : « Non, nous n'avons vu personne. » Elle vint de même plusieurs nuits, sans jamais prononcer une parole : la nourrice la voyait toujours, mais n'osait pas en parler.

Au bout de quelque temps, la mère commença à parler dans la nuit, et elle dit :

Que fait mon enfant ? Que fait mon chevreuil ?
Je reviendrai encore deux fois et ne reviendrai plus.

La nourrice ne lui répondit pas ; mais, quand elle fut disparue, elle courut vers le roi et lui raconta tout. Le roi dit : « Bon Dieu ! qu'est-ce que cela ? Je veux veiller la nuit prochaine près de l'enfant. »

En effet, il se rendit le soir dans la chambre de l'enfant, et vers minuit, la mère apparut et dit :

Que fait mon enfant ? Que fait mon chevreuil ?
Je reviendrai encore une fois et ne reviendrai plus.

Puis elle s'occupa de l'enfant, comme elle faisait d'ordinaire, et disparut. Le roi n'osa pas lui adresser la parole, mais la nuit suivante il veilla encore. La reine dit :

Que fait mon enfant ? Que fait mon chevreuil ?
Je reviens cette fois encore et ne reviendrai plus.

Alors le roi ne put se contenir ; il s'élança vers elle et lui dit : « Tu ne peux être une autre que ma femme chérie.

— Oui, répondit-elle, je suis ta femme chérie. »

Et au même moment, par la grâce de Dieu, elle avait recouvré la vie et était fraîche, rose et bien portante. Elle raconta au roi le crime qu'avaient commis contre elle la méchante sorcière et sa fille. Le roi les fit paraître devant le tribunal, et elles furent condamnées. La fille fut conduite dans une forêt, où les bêtes sauvages la mirent en pièces dès qu'elles l'aperçurent ; la sorcière monta sur un bûcher et périt misérablement dans les flammes. Comme le feu la consumait, le chevreuil fut métamorphosé et reprit sa forme naturelle, et le petit frère et la petite sœur vécurent heureux ensemble jusqu'à la fin de leurs jours.

LE PAYSAN DANS LE CIEL

Il mourut une fois un pauvre bon paysan qui vint à la porte du paradis. En même temps mourait un riche, riche seigneur qui monta aussi au ciel. Saint Pierre arriva avec ses clefs, ouvrit la porte et fit entrer le seigneur ; mais sans doute il n'avait pas vu le paysan, car il le laissa dehors et ferma la porte. Le paysan entendit la joyeuse réception que le ciel faisait au richard avec le chant et la musique. Quand le bruit se fut apaisé, saint Pierre revint et fit entrer enfin le pauvre homme. Celui-ci s'attendait qu'à son entrée le chant et la musique allaient recommencer. Mais tout resta tranquille. On le reçut de bon cœur, les anges allèrent au-devant de lui ; mais personne ne chanta. Il demanda à saint Pierre pourquoi la musique n'allait pas pour lui comme pour le riche, et si la partialité régnait au ciel comme sur la terre. « Non, lui répondit le saint, tu nous es aussi cher qu'aucun autre, et tu goûteras, tout comme celui qui vient d'entrer, les joies du paradis ; mais vois-tu, des pauvres paysans comme toi, il en entre tous les jours ici, tandis que des riches, il n'en vient pas un tous les cent ans. »

LE JUIF DANS LES ÉPINES

Un homme riche avait un valet qui le servait fidèlement : tous les matins le premier levé, et le dernier couché tous les soirs ; quand il y avait quelque besogne difficile qui faisait reculer les autres, s'y mettant toujours sans hésiter ; ne se plaignant jamais, toujours content, toujours gai. Quand son année fut expirée, son maître ne le paya pas. « Par cette adroite conduite, pensait-il, j'épargne mon argent, et mon domestique, ne pouvant pas me quitter, reste gentiment à mon service. »

Le valet ne réclama pas ; la deuxième année se passa comme la première : il ne reçut pas encore ses gages, mais il n'en dit rien et resta toujours.

À l'expiration de la troisième année, le maître finit par y songer ; il mit la main à la poche, mais il n'en tira rien. Le valet se décida enfin à lui dire : « Monsieur, je vous ai servi fidèlement pendant trois ans, soyez assez bon pour me donner ce qui me revient en toute équité ; je veux partir et voir le monde.

— Oui, lui répondit son avare maître ; oui, mon ami, tu m'as bien servi et tu seras bien payé. »

Là-dessus il tira de sa poche trois liards et les lui compta : « Je te donne un liard pour chaque année ; cela fait une forte somme, de plus gros gages que tu n'en aurais trouvé chez beaucoup d'autres. »

Le pauvre garçon, qui connaissait peu la monnaie, prit son capital et se dit : « Maintenant voilà mes poches pleines ; pourquoi désormais me donnerais-je du mal ? »

Il se mit en route par monts et par vaux, chantant et sautant dans la joie de son cœur. En passant près d'un buisson, il rencontra un petit homme qui lui dit : « Où vas-tu, frère loustic ? les soucis ne te gênent guère, à ce que je vois.

— Pourquoi serais-je triste ? répondit le jeune homme ; je suis riche, j'ai mes gages de trois ans qui sonnent dans ma poche.

— À combien se monte ton trésor ? lui demanda le petit homme.

— À trois liards de bon argent, bien comptés.

— Écoute, lui dit le nain, je suis un pauvre homme dans la misère ; donne-moi tes trois liards ; je ne puis plus travailler, mais toi tu es jeune et tu gagneras aisément ton pain. »

Le garçon avait bon cœur ; il eut pitié du petit homme et lui donna ses trois liards en disant :

« Les voilà pour l'amour de Dieu ; je saurai bien m'en passer. »

Le nain reprit alors : « Tu as un bon cœur ; forme trois souhaits, un pour chaque liard que tu m'as donné ; ils seront exaucés.

— Ah ! ah ! dit le jeune homme, tu te mêles de magie ! Eh bien ! puisqu'il en est ainsi, je désire d'abord une sarbacane qui ne manque jamais le but, ensuite un violon qui force à danser tous ceux qui l'entendront, et enfin je souhaite que, lorsque j'adresserai une demande à quelqu'un, il ne puisse pas me refuser.

— Tu vas avoir tout cela, dit le nain, et il entr'ouvrit le buisson : le violon et la sarbacane étaient là, comme si on les eut déposés exprès. Il les donna au jeune homme en ajoutant : « Quand tu demanderas quelque chose, personne au monde ne pourra te refuser.

— Que puis-je désirer maintenant ? » se dit le garçon ; et il se remit gaiement en route.

Un peu plus loin, il rencontra un juif avec sa longue barbe de boue, qui restait immobile à écouter le chant d'un oiseau perché au haut d'un arbre. « Merveille de Dieu, s'écriait-il, qu'un si petit animal ait une voix aussi

puissante ! Je voudrais bien le prendre. Mais qui se char-
gerait d'aller lui mettre du sel sous la queue ?

— S'il ne te faut que cela, dit le garçon, l'oiseau sera
bientôt à bas ; et il le visa si juste que la bête tomba dans
les épines qui étaient au pied de l'arbre. « Va, coquin, dit-
il au juif, et ramasse ton oiseau. »

Le juif se mit à quatre pattes pour entrer dans les épines. Dès qu'il fut au beau milieu, notre bon garçon, pour
lui jouer un plaisant tour, saisit son violon et se mit à
jouer. Aussitôt le juif de se dresser sur ses jambes et de
sauter ; et plus le violon jouait, plus la danse s'échauffait.
Mais les épines déchiraient les guenilles du juif, lui
étrillaient la barbe et lui mettaient le corps en sang. « Ah !
s'écriait-il, que me veut cette musique ? Laissez-là votre
violon, je ne veux pas danser. »

Mais le garçon continuait, pensant : « Tu as écorché
assez de gens ; que les épines te le rendent. »

Le juif sautait de plus en plus haut, et les lambeaux de
ses habits restaient suspendus aux buissons. « Malheur à
moi ! criait-il ; je vous donnerai ce que vous voudrez ; si
vous cessez de jouer, vous aurez une bourse pleine d'or.

— Puisque tu es si généreux, dit le garçon, je vais ces-
ser la musique ; mais je ne puis m'empêcher de te faire
mon compliment : tu danses dans la perfection. » Sur ces
mots il prit la bourse et continua son chemin.

Le juif le regarda partir, et quand il l'eut perdu de vue,
il se mit à crier de toutes ses forces : « Misérable musicien, violon de cabaret, attends que je te rejoigne ! je te
ferai si bien courir que tu en useras tes semelles. Mauvaise
canaille ! mets-toi quatre liards dans la bouche si tu veux
valoir un sou », et autres injures que son imagination lui
fournissait. Quand il se fut un peu soulagé et qu'il eut
ainsi épanché son cœur, il courut à la ville trouver le juge.
« Seigneur, j'en appelle à vous, voyez comme j'ai été
dépouillé et maltraité sur le grand chemin. Les pierres de
la route auraient eu pitié de moi : mes habits déchirés !
mon corps écorché ! mon pauvre argent volé avec ma
bourse ! de bons ducats, plus beaux les uns que les autres !
Pour l'amour de Dieu, faites mettre en prison le coupable.

« — Est-ce un soldat, demanda le juge, qui t'a ainsi accommodé à coups de sabre ?

— Il n'avait pas d'épée, dit le juif, mais seulement une sarbacane sur l'épaule et un violon au cou. Le scélérat est aisé à reconnaître. »

Le juge envoya ses hommes à la poursuite du coupable ; le brave garçon avait flâné en chemin, ils ne tardèrent pas à l'atteindre, et ils trouvèrent sur lui la bourse d'or. Quand il comparut devant le tribunal : « Je n'ai pas touché au juif, dit-il, je ne lui ai pas pris son or ; il me l'a donné volontairement pour faire taire mon violon, parce que ma musique lui déplaisait.

— Dieu me protège ! s'écria le juif, il prend les mensonges au vol comme des mouches. »

Mais le juge ne voulut pas le croire, et dit : « Voilà une mauvaise défense ; les juifs ne donnent pas leur argent pour si peu de chose » ; et il condamna le garçon au gibet, comme voleur de grand chemin.

Quand on l'eut conduit à la potence, le juif lui cria encore : « Canaille, musicien de chien, te voilà payé suivant tes mérites. »

Le garçon monta tranquillement à l'échelle avec le bourreau ; mais au dernier échelon il se retourna et dit au juge : « Accordez-moi encore une demande avant que je meure.

— Je te l'accorde, dit le juge, à moins que tu ne me demandes la vie.

— Je ne demande pas la vie, répondit le garçon ; laissez-moi seulement, pour la dernière fois, jouer un air sur mon violon. »

Le juif poussa un cri de détresse : « Pour l'amour de Dieu, ne le permettez pas ! » Mais le juge dit : « Pourquoi ne lui donnerais-je pas cette dernière joie ? C'est fait de lui, il n'y reviendra plus. » Il ne pouvait d'ailleurs refuser, à cause du don qu'avait le garçon de se faire octroyer toutes ses demandes.

Le juif criait : « Ah ! mon Dieu ! attachez-moi, attachez-moi bien. » Le bon garçon prit son violon, et au premier coup d'archet tout le monde se mit à remuer et à s'ébranler, le juge, le greffier, les valets du bourreau ; la corde tomba des mains de celui qui voulait attacher le juif. Au deuxième coup tous levèrent les jambes, et le bourreau lui-même laissa là le patient pour se mettre en danse. Au troisième coup tous commencèrent à sauter et à danser, le juge et le juif à leur tête, sautant plus haut que les autres. Enfin, la danse fut générale, et entraîna tous les spectateurs, gras et maigres, jeunes et vieux ; jusqu'aux chiens, qui se dressaient sur leurs pattes de derrière pour danser aussi. Plus il jouait, plus les danseurs bondissaient ; les têtes s'entre-choquaient, et la foule commençait à gémir piteusement. Le juge, hors d'haleine, s'écria : « Je t'accorde ta grâce, cesse ta musique. » Le bon garçon suspendit le violon à son cou et descendit l'échelle. Il s'approcha du juif qui était par terre et cherchait à reprendre son souffle. « Coquin, lui dit-il, avoue d'où te vient ton or, ou je reprends mon violon et je recommence.

— Je l'ai volé, je l'ai volé, s'exclama le juif, et toi tu l'avais bien gagné. » Il s'ensuivit que le juge se saisit du juif et le fit pendre comme voleur.

LE VALEUREUX PETIT TAILLEUR

Par une matinée d'été, un petit tailleur, assis sur sa table près de la fenêtre, cousait joyeusement et de toutes ses forces. Il vint à passer dans la rue une paysanne qui criait : « Bonne crème à vendre ! bonne crème à vendre ! » Ce mot de crème résonna agréablement aux oreilles du petit homme, et passant sa mignonne tête par la fenêtre : « Ici, bonne femme, entrez ici, lui dit-il, vous trouverez acheteur. »

Elle monta, chargée de son lourd panier, les trois marches de la boutique du tailleur et il fallut qu'elle étalât tous ses pots devant lui. Après les avoir tous considérés, maniés, flairés l'un après l'autre, il finit par dire : « Il me semble que cette crème est bonne ; pesez-m'en deux onces, bonne femme, allez même jusqu'au quarteron. » La paysanne, qui avait espéré faire un marché plus considérable, lui donna ce qu'il désirait ; mais elle s'en alla en grondant et en murmurant.

« Maintenant, s'écria le petit tailleur, je prie Dieu qu'il me fasse la grâce de bénir cette bonne crème, pour qu'elle me rende force et vigueur. » Et prenant le pain dans l'armoire, il coupa une longue tartine pour étendre sa crème dessus. « Voilà qui n'aura pas mauvais goût, pensa-t-il, mais, avant de l'entamer, il faut que j'achève cette veste. » Il posa sa tartine à côté de lui et se remit à coudre, et dans sa joie il faisait des points de plus en plus grands. Cependant l'odeur de la crème attirait les mouches qui couvraient le mur et elles vinrent en foule se poser dessus. « Qui vous a invitées ici ? » dit le tailleur en chassant ces hôtes incommodes.

Mais les mouches, qui n'entendaient pas le français, revinrent en plus grand nombre qu'auparavant. Cette fois, la moutarde lui monta au nez, et saisissant un lambeau de drap dans son tiroir : « Attendez, s'écria-t-il, je vais vous en donner », et il frappa dessus sans pitié. Ce grand coup porté, il compta les morts ; il n'y en avait pas moins de sept, qui gisaient les pattes étendues. « Peste ! se dit-il, étonné lui-même de sa valeur, il paraît que je suis un gaillard ; il faut que toute la ville le sache. »

Et, dans son enthousiasme, il se fit une ceinture et broda dessus en grosses lettres : « J'en abats sept d'un coup ! »

« Mais la ville ne suffit pas, ajouta-t-il encore, il faut que le monde tout entier l'apprenne. » Le cœur lui frétillait de joie dans la poitrine comme la queue d'un petit agneau.

Il mit donc sa ceinture et résolut de courir le monde, car sa boutique lui semblait désormais un trop petit théâtre pour sa valeur. Avant de sortir de chez lui, il chercha dans toute la maison s'il n'avait rien à emporter, mais il ne trouva qu'un vieux fromage qu'il mit dans sa poche. Devant sa porte, il y avait un oiseau en cage ; il le mit dans sa poche avec le fromage. Puis il enfila bravement son chemin ; et, comme il était leste et actif, il marcha sans se fatiguer.

Il passa par une montagne au sommet de laquelle était assis un énorme géant qui regardait tranquillement les passants. Le petit tailleur alla droit à lui et lui dit : « Bonjour, camarade ; te voilà assis, tu regardes le monde à tes pieds ? Pour moi, je me suis mis en route et je cherche les aventures. Veux-tu venir avec moi ? »

Le géant lui répondit d'un air de mépris : « Petit drôle ! petit avorton !

— Est-il possible ? » s'écria le petit tailleur ; et, boutonnant son habit, il montra sa ceinture au géant en lui disant : « Lis ceci, tu verras à qui tu as affaire. »

Le géant, qui lut : « Sept d'un coup ! » s'imagina que c'étaient des hommes que le tailleur avait tués, et conçut un peu plus de respect pour le petit personnage. Cependant, pour l'éprouver, il prit un caillou dans sa main et le pressa si fort que l'eau en suintait. « Maintenant, dit-il, fais comme moi, si tu as de la vigueur.

— N'est-ce que cela ? répondit le tailleur ; c'est un jeu d'enfant dans mon pays. » Et fouillant à sa poche il prit son fromage mou et le serra dans sa main de façon à en faire sortir tout le jus. « Eh bien, ajouta-t-il, voilà qui te vaut bien, ce me semble. »

Le géant ne savait que dire et ne comprenait pas qu'un nain pût être si fort. Il prit un autre caillou et le lança si haut que l'œil le voyait à peine, en disant : « Allons, petit homme, fais comme moi.

— Bien lancé ! dit le tailleur, mais le caillou est retombé. Moi, j'en vais lancer un autre qui ne retombera pas. » Et prenant l'oiseau qui était dans sa poche, il le jeta en l'air.

L'oiseau, joyeux de se sentir libre, s'envola à tire-d'aile, et ne revint pas. « Qu'en dis-tu, cette fois, camarade ? ajouta-t-il.

— C'est bien fait, répondit le géant, mais je veux voir si tu portes aussi lourd que tu lances loin. » Et il conduisit le petit tailleur devant un chêne énorme qui était abattu sur le sol. « Si tu es vraiment fort, dit-il, il faut que tu m'aides à enlever cet arbre.

— Volontiers, répondit le petit homme, prends le tronc sur ton épaule ; je me chargerai des branches et de la tête, c'est le plus lourd. »

Le géant prit le tronc sur son épaule, mais le petit tailleur s'assit sur une branche, de sorte que le géant, qui ne pouvait pas regarder derrière lui, portait l'arbre tout entier et le tailleur par-dessus le marché. Il s'était installé paisiblement, et sifflait gaiment le petit air :

Il était trois tailleurs qui chevauchaient ensemble,

comme si c'eût été pour lui un jeu d'enfant que de porter un arbre. Le géant, écrasé sous le fardeau et n'en pouvant plus au bout de quelques pas, lui cria : « Attention, je laisse tout tomber. » Le petit homme sauta lestement en bas, et saisissant l'arbre dans ses deux bras, comme s'il en avait porté sa part, il dit au géant : « Tu n'es guère vigoureux pour un gaillard de la taille. »

Ils continuèrent leur chemin, et, comme ils passaient devant un cerisier, le géant saisit la tête de l'arbre où étaient les fruits les plus mûrs, et, la courbant jusqu'en bas, la mit dans la main du tailleur pour lui faire manger les cerises. Mais celui-ci était bien trop faible pour la maintenir, et, quand le géant l'eut lâchée, l'arbre en se redressant emporta le tailleur avec lui. Il redescendit sans se blesser ; mais le géant lui dit : « Qu'est-ce donc ! est-ce que tu n'aurais pas la force de courber une pareille baguette ?

— Il ne s'agit pas de force, répondit le petit tailleur ; qu'est-ce que cela pour un homme qui en a abattu sept d'un coup ? J'ai sauté par-dessus l'arbre pour me garantir du plomb, parce qu'il y avait en bas des chasseurs qui tiraient aux buissons ; fais-en autant, si tu peux. » Le géant essaya, mais il ne put sauter par-dessus l'arbre, et il resta embarrassé dans les branches. Ainsi le tailleur conserva l'avantage.

« Puisque tu es un si brave garçon, dit le géant, il faut que tu viennes dans notre caverne et que tu passes la nuit chez nous. »

Le tailleur y consentit volontiers. Quand ils furent arrivés, ils trouvèrent d'autres géants assis près du feu, tenant à la main et mangeant chacun un mouton rôti. Le tailleur jugeait l'appartement plus grand que sa boutique. Le géant lui montra son lit et lui dit de se coucher. Mais, comme le lit était trop grand pour un si petit corps, il se blottit dans un coin. À minuit, le géant, croyant qu'il dormait d'un profond sommeil, saisit une grosse barre de fer et en donna un grand coup au beau milieu du lit ; il pensait bien avoir tué l'avorton sans rémission. Au petit jour, les géants se levèrent et allèrent dans le bois ; ils avaient oublié le tailleur ; quand ils le virent sortir de la caverne d'un air joyeux et passablement effronté, ils furent pris de peur, et, craignant qu'il ne les tuât tous, ils s'enfuirent au plus vite.

Le petit tailleur continua son voyage, toujours le nez au vent. Après avoir longtemps erré, il arriva dans le jardin d'un palais, et, comme il se sentait un peu fatigué, il se coucha sur le gazon et s'endormit. Les gens qui passaient par là se mirent à le considérer de tous côtés et lurent sur sa ceinture : *Sept d'un coup !* « Ah ! se dirent-ils, qu'est-ce que ce foudre de guerre vient faire ici au milieu de la paix ? Il faut que ce soit quelque puissant seigneur. » Ils allèrent en faire part au roi, en ajoutant que si la guerre venait à éclater, ce serait un utile auxiliaire qu'il faudrait s'attacher à tout prix. Le roi goûta ce conseil et envoya un de ses courtisans au petit homme pour lui offrir du service aussitôt qu'il serait éveillé. L'envoyé resta en sentinelle près du dormeur, et, quand celui-ci eut commencé à ouvrir les yeux et à se tirer les membres, il lui fit ses propositions. « J'étais venu pour cela, répondit l'autre, et je suis prêt à entrer au service du roi. » On le reçut avec toutes sortes d'honneurs, et on lui assigna un logement à la cour.

Mais les militaires étaient jaloux de lui et auraient voulu le voir à mille lieues plus loin. « Qu'est-ce que tout cela deviendra ? se disaient-ils entre eux ; si nous avons quelque querelle avec lui, il se jettera sur nous et en abattra sept à chaque coup. Pas un de nous ne survivra. » Ils se résolurent d'aller trouver le roi et de lui demander tous leur congé. « Nous ne pouvons pas, lui dirent-ils, rester auprès d'un homme qui en abat sept d'un coup. »

Le roi était bien désolé de voir ainsi tous ses loyaux serviteurs l'abandonner ; il aurait souhaité de n'avoir jamais vu celui qui en était la cause et s'en serait débarrassé volontiers. Mais il n'osait pas le congédier, de peur que cet homme terrible ne le tuât ainsi que son peuple pour s'emparer du trône.

Le roi, après y avoir beaucoup songé, trouva un expédient. Il envoya faire au petit tailleur une offre que celui-ci ne pouvait manquer d'accepter en sa qualité de héros. Il y avait dans une forêt du pays deux géants qui commettaient toutes sortes de brigandages, de meurtres et d'incendies.

Personne n'approchait d'eux sans craindre pour ses jours. S'il parvenait à les vaincre et à les mettre à mort, le roi lui donnerait sa fille unique en mariage, avec la moitié du royaume pour dot. On mettait à sa disposition cent cavaliers pour l'aider au besoin. Le petit tailleur pensa que l'occasion d'épouser une jolie princesse était belle et ne se retrouverait pas tous les jours. Il déclara qu'il consentait à marcher contre les géants, mais qu'il n'avait que faire de l'escorte des cent cavaliers, celui qui en avait abattu sept d'un coup ne craignant pas deux adversaires à la fois.

Il se mit donc en marche suivi des cent cavaliers. Quand on fut arrivé à la lisière de la forêt, il leur dit de l'attendre, et qu'il viendrait à bout des géants à lui tout seul. Puis il entra dans le bois en regardant avec précaution autour de lui. Au bout d'un moment il aperçut les deux géants endormis sous un arbre et ronflant si fort que les branches en tremblaient. Le petit tailleur remplit ses deux poches de cailloux, et, montant dans l'arbre sans perdre de temps, il se glissa sur une branche qui s'avançait juste au-dessus des deux dormeurs et laissa tomber quelques cailloux, l'un après l'autre, sur l'estomac de l'un d'eux. Le géant fut longtemps sans rien sentir, mais à la fin il s'éveilla, et poussant son camarade il lui dit : « Pourquoi me frappes-tu ?

— Tu rêves, dit l'autre, je ne t'ai pas touché. »

Ils se rendormirent. Le tailleur se mit alors à jeter une pierre au second. « Qu'y a-t-il ? s'écria celui-ci, qu'est-ce que tu me jettes ?

— Je ne t'ai rien jeté ; tu rêves », répondit le premier.

Ils se disputèrent quelque temps ; mais, comme ils étaient fatigués, ils finirent par s'apaiser et se rendormir encore. Cependant le tailleur recommença son jeu, et choisissant le plus gros de ses cailloux, il le jeta de toutes ses forces sur l'estomac du premier géant. « C'est trop fort ! » s'écria celui-ci ; et se levant comme un forcené il sauta sur son compagnon, qui lui rendit la monnaie de sa pièce. Le combat devint si furieux qu'ils arrachaient des arbres pour s'en faire des armes, et l'affaire ne cessa que lorsque tous les deux furent étendus morts sur le sol.

Alors le petit tailleur descendit de son poste. « Il est bien heureux, pensait-il, qu'ils n'aient pas aussi arraché l'arbre sur lequel j'étais perché ; j'aurais été obligé de sauter sur quelque autre, comme un écureuil ; mais on est leste dans notre métier. » Il tira son épée, et, après en avoir donné à chacun d'eux une couple de bons coups dans la poitrine, il revint trouver les cavaliers et leur dit : « C'est fini, je leur ai donné le coup de grâce ; l'affaire a été chaude ; ils voulaient résister, ils ont arraché des arbres pour me les lancer ; mais à quoi servirait tout cela contre un homme comme moi, qui en abats sept d'un coup !

— N'êtes-vous pas blessé ? demandèrent les cavaliers.

— Non, dit-il, je n'ai pas un cheveu de dérangé. »

Les cavaliers ne voulaient pas le croire ; ils entrèrent dans le bois et trouvèrent en effet les géants nageant dans leur sang, et les arbres abattus de tous côtés autour d'eux.

Le petit tailleur réclama la récompense promise par le roi ; mais celui-ci, qui se repentait d'avoir engagé sa parole, chercha encore à se débarrasser du héros. « Il y a, lui dit-il, une autre aventure dont tu dois venir à bout avant d'obtenir ma fille et la moitié de mon royaume. Mes forêts sont fréquentées par une licorne qui y fait beaucoup de dégâts, il faut t'en emparer.

— Une licorne me fait encore moins peur que deux géants : *Sept d'un coup*, c'est ma devise. »

Il prit une corde et une hache et entra dans le bois, en ordonnant à ceux qui l'accompagnaient de l'attendre au-dehors. Il n'eut pas à chercher longtemps ; la licorne apparut bientôt, et elle s'élança sur lui pour le percer. « Doucement, doucement, dit-il ; trop vite ne vaut rien. » Il resta immobile jusqu'à ce que l'animal fût tout près de lui, et alors il se glissa lestement derrière le tronc d'un arbre. La licorne, qui était lancée de toutes ses forces contre l'arbre, y enfonça sa corne si profondément qu'il lui fut impossible de la retirer, et qu'elle fut prise ainsi. « L'oiseau est en cage », se dit le tailleur, et sortant de sa cachette, il s'approcha de la licorne, lui passa sa corde autour du cou ; à coups de hache il débarrassa sa corne enfoncée dans le tronc, et, quand tout fut fini, il amena l'animal devant le roi.

Mais le roi ne pouvait se résoudre à tenir sa parole ; il lui posa encore une troisième condition. Il s'agissait de s'emparer d'un sanglier qui faisait de grands ravages dans les bois. Les chasseurs du roi avaient ordre de prêter main-forte. Le tailleur accepta en disant que ce n'était qu'un jeu d'enfants. Il entra dans le bois sans les chasseurs ; et ils n'en furent pas fâchés, car le sanglier les avait déjà reçus maintes fois de telle façon qu'ils n'étaient nullement tentés d'y retourner. Dès que le sanglier eut aperçu le tailleur, il se précipita sur lui, en écumant et en montrant ses défenses aiguës pour le découdre ; mais le léger petit homme se réfugia dans une chapelle qui était là tout près, et en ressortit aussitôt en sautant par la fenêtre. Le sanglier y avait pénétré derrière lui ; mais en deux bonds le tailleur revint à la porte et la ferma, de sorte que la bête furieuse se trouva prise, car elle était trop lourde et trop massive pour s'enfuir par le même chemin. Après cet exploit, il appela les chasseurs pour qu'ils vissent le prisonnier de leurs propres yeux, et il se présenta au roi, auquel force fut cette fois de s'exécuter malgré lui et de lui donner sa fille et la moitié de son royaume. Il eût eu bien plus de mal encore à se décider s'il avait su que son gendre n'était pas un grand guerrier, mais un petit manieur d'aiguille. Les noces furent célébrées avec beaucoup de magnificence et peu de joie, et d'un tailleur on fit un roi.

Quelque temps après, la jeune reine entendit la nuit son mari qui disait en rêvant : « Allons, garçon, termine cette veste et ravaude cette culotte, ou sinon je te donne de l'aune sur les oreilles. » Elle comprit ainsi dans quelle arrière-boutique le jeune homme avait été élevé, et le lendemain elle alla se plaindre à son père, le priant de la délivrer d'un mari qui n'était qu'un misérable tailleur.

Le roi lui dit pour la consoler : « La nuit prochaine, laisse la chambre ouverte ; mes serviteurs se tiendront à la porte, et, quand il sera endormi, ils entreront, et le porteront chargé de chaînes sur un navire qui l'emmènera bien loin. »

La jeune femme était charmée ; mais l'écuyer du roi, qui avait tout entendu et qui aimait le nouveau prince, alla lui découvrir le complot.

« J'y mettrai bon ordre », lui dit le tailleur. Le soir il se coucha comme à l'ordinaire, et quand sa femme le crut bien endormi, elle alla ouvrir la porte et se recoucha à ses côtés. Mais le petit homme, qui faisait semblant de dormir, se mit à crier à haute voix : « Allons, garçon, termine cette veste et ravaude cette culotte, ou sinon je te donne de l'aune sur les oreilles. J'en ai abattu sept d'un coup, j'ai tué deux géants, chassé une licorne, pris un sanglier ; aurais-je donc peur des gens qui sont blottis à ma porte ? » En entendant ces derniers mots, ils furent tous pris d'une telle épouvante qu'ils s'enfuirent comme s'ils avaient eu le diable à leurs trousses, et que jamais personne n'osa plus se risquer contre lui. Et de cette manière il conserva toute sa vie la couronne.

LES VAGABONDS

Coq dit à poule : « Voici la saison des noix ; il faut aller sur la côte avant que l'écureuil les ait toutes récoltées.

— Bonne idée, répondit poule, partons ; nous allons bien nous divertir. »

Ils allèrent ensemble sur la côte et y restèrent jusqu'au soir. Alors, soit par vanité, soit parce qu'ils avaient trop mangé, ils ne voulurent pas retourner à pied chez eux, et le coq fut obligé de fabriquer une petite voiture avec des coquilles de noix. Quand elle fut prête, la poule monta dedans et dit au coq de s'atteler au limon.

« Et pour qui me prends-tu ? répondit le coq ; j'aimerais mieux m'en retourner à pied que de m'atteler comme un cheval ; non, cela n'est pas dans nos conventions : je veux bien être cocher et m'asseoir sur le siège ; mais traîner moi-même la voiture, c'est ce que je ne ferai pas. »

Comme ils se disputaient ainsi, une cane se mit à crier : « Eh ! voleurs, qui vous a permis de venir sous mes noyers ! Attendez, je vais vous arranger ! » Et elle se précipita, le bec ouvert, sur le coq. Mais celui-ci, prompt à la riposte, frappa la cane en plein corps et lui laboura si bien les chairs à coups d'ergot qu'elle demanda grâce et se laissa atteler à la voiture en punition de son attaque. Le coq s'assit sur le siège pour conduire l'équipage, et il le lança à fond de train en criant : « Au galop, cane, au galop ! »

Comme ils avaient déjà fait un bout de route, ils rencontrèrent deux voyageurs qui cheminaient à pied ; c'était une épingle et une aiguille, qui crièrent : « Halte ! halte ! » Bientôt, dirent-ils, il ferait nuit noire, ils ne pouvaient plus avancer ; le chemin était plein de boue ; ils s'étaient attardés à boire de la bière devant la porte, à l'auberge du *Tailleur* ; finalement ils prièrent qu'on leur permît de monter dans la voiture. Le coq, vu la maigreur des nouveaux venus et le peu de place qu'ils tiendraient, consentit à les recevoir, à condition qu'ils ne marcheraient sur les pieds de personne.

Fort tard dans la soirée ils arrivèrent à une auberge, et, comme ils ne voulaient pas se risquer de nuit sur la route, et que la cane était fatiguée, ils se décidèrent à entrer. L'hôte fit d'abord des difficultés ; sa maison était déjà pleine, et les nouveaux voyageurs ne lui paraissaient pas d'une condition très relevée, mais enfin, vaincu par leurs belles paroles, par la promesse qu'on lui fit de lui abandonner l'œuf que la poule venait de pondre en route et de lui laisser la cane qui en pondait un tous les jours, il voulut bien les recevoir pour la nuit. Ils se firent servir du meilleur et passèrent la soirée à faire bombance.

Le lendemain matin, à la pointe du petit jour, quand tout le monde dormait encore, le coq réveilla la poule, et, piquant l'œuf à coups de bec, ils l'avalèrent tous deux et en jetèrent la coquille dans la cheminée ; ils allèrent ensuite prendre l'aiguille qui dormait encore, et la saisissant par la tête, ils la plantèrent dans le fauteuil de l'hôte, ainsi que l'épingle dans sa serviette ; puis ils prirent leur vol par la fenêtre. La cane, qui couchait volontiers à la belle étoile et qui était restée dans la cour, se leva en les entendant passer, et entrant dans un ruisseau qui coulait au pied du mur, elle le descendit plus vite qu'elle n'avait couru la poste la veille.

Deux heures plus tard l'hôte sortit du lit, et, après s'être lavé la figure, il prit la serviette pour s'essuyer ; mais l'épingle lui égratigna le visage et lui fit une grande balafre rouge qui allait d'une oreille à l'autre. Il descendit à la cuisine pour allumer sa pipe ; mais en soufflant sur le feu, les débris de la coquille de l'œuf lui sautèrent dans les yeux. « Tout conspire contre moi ce matin », se dit-il, et dans son chagrin il se laissa tomber dans son grand fauteuil ; mais il se releva bientôt en poussant des cris, car l'aiguille l'avait solidement piqué, et non pas à la tête. Ce dernier accident acheva de l'exaspérer ; ses soupçons tombèrent tout de suite sur les voyageurs qu'il avait reçus la veille au soir ; et en effet, quand il alla pour voir ce qu'ils étaient devenus, il les trouva décampés. Alors il jura bien qu'à l'avenir il ne recevrait plus dans sa maison de ces vagabonds qui font beaucoup de dépenses, ne payent pas, et pour tout merci vous jouent quelque méchant tour.

LE JEUNE GÉANT

Un paysan avait un fils qui n'était pas plus gros que le pouce ; il ne grandissait nullement, et en plusieurs années sa taille ne s'accrut pas d'un cheveu. Un jour que le père allait aux champs labourer, le petit lui dit : « Père, je veux sortir avec toi.

— Sortir avec moi ? dit le père ; reste donc ici ; tu ne ferais que nous gêner dehors, et de plus on pourrait bien te perdre. »

Mais le petit nain se mit à pleurer et, pour avoir la paix, son père le prit dans sa poche et l'emmena avec lui. Quand on fut arrivé sur la pièce de labour, il l'assit au bord d'un sillon fraîchement ouvert.

Comme ils étaient là, parut un grand géant qui venait de l'autre côté des monts. « Vois-tu le grand croquemitaine ? dit le père qui voulait faire peur à son fils, afin de le rendre plus obéissant ; il vient pour te prendre. » Mais le géant, qui avait entendu cela, arriva en deux pas au sillon, prit le petit nain et l'emporta sans dire un mot. Le père, muet de frayeur, n'eut pas même la force de pousser un cri. Il crut son enfant perdu, et n'espéra pas le revoir jamais.

Le géant l'avait emmené chez lui ; il l'y allaita lui-même, et le petit nain prit tout à coup sa croissance ; il grandit et devint fort à la manière des géants. Au bout de deux ans le géant alla avec lui dans le bois, et pour l'éprouver il lui dit : « Cueille-toi une baguette. » Le garçon était déjà si fort qu'il arracha de terre un jeune arbre avec ses racines. Mais le géant jugea qu'il avait encore des progrès à faire, et, le remmenant avec lui, il l'allaita encore pendant deux ans. Au bout de ce temps, sa force avait tellement augmenté qu'il arrachait de terre un vieil arbre. Ce n'était pas assez pour le géant : il l'allaita encore pendant deux autres années, au bout desquelles il alla au bois avec lui et lui dit : « Cueille-toi un bâton de grosseur raisonnable. » Le jeune homme arracha de terre le plus gros chêne de la forêt, qui fit entendre d'horribles craquements, et un tel effort n'était qu'un jeu pour lui. « C'est bien, dit le géant, ton éducation est faite », et il le ramena sur la pièce de terre où il l'avait pris.

Son père était occupé à labourer quand le jeune géant l'aborda et lui dit : « Eh bien, mon père, votre fils est devenu un homme. »

Le paysan effrayé s'écria : « Non, tu n'es pas son fils ; je ne veux pas de toi. Va-t'en.

— Oui, je suis votre fils. Laissez-moi travailler à votre place, je labourerai aussi bien et mieux que vous.

— Non, non, tu n'es pas mon fils, et tu ne sais pas labourer. Va-t'en. »

Mais comme il avait peur du colosse, il quitta sa charrue et se tint à distance. Alors le jeune homme, saisissant l'intrument d'une seule main, appuya dessus avec une telle force que le soc s'enfonça profondément en terre. Le paysan ne put s'empêcher de lui crier : « Si tu veux labourer, il ne faut pas enfoncer si avant ; cela fait un mauvais travail. »

Alors le jeune homme détela les chevaux, et s'attela lui-même à la charrue en disant à son père : « Allez à la maison et recommandez à ma mère de m'apprêter un dîner copieux ; pendant ce temps-là je vais achever de labourer cette pièce. »

Le paysan, de retour chez lui, transmit la recommandation à sa femme. Quant au jeune homme, il laboura le champ, qui avait bien quatre arpents, à lui tout seul ; et ensuite il le hersa en traînant deux herses à la fois. Quand il eut fini, il alla au bois, arracha deux chênes qu'il mit sur ses épaules, et suspendant à l'un les deux herses et à l'autre les deux chevaux, il emporta le tout chez ses parents, aussi aisément qu'une botte de paille.

Lorsqu'il fut entré dans la cour, sa mère qui ne le reconnaissait pas, s'écria : « Quel est cet affreux géant ?

— C'est notre fils, dit le paysan

— Non, dit-elle, notre fils n'est plus. Nous n'en avons jamais eu un si grand ; il était tout petit. »

Et s'adressant à lui encore une fois : « Va-t'en, cria-t-elle, nous ne voulons pas de toi. »

Le jeune homme ne disait pas un mot. Il mit ses chevaux à l'écurie, leur donna du foin et de l'avoine, et fit pour eux tout ce qu'il fallait. Puis, quand il eut fini, il entra dans la chambre, et s'asseyant sur un banc : « Mère, dit-il, j'ai faim ; le dîner est-il prêt ?

— Oui », répondit-elle, en mettant devant lui deux grands plats tout pleins, qui auraient suffi à les nourrir pendant huit jours, elle et son mari.

Le jeune homme eut bientôt tout mangé, et il demanda s'il n'y en avait pas encore. « Non, c'est tout ce que nous avons.

— C'était pour me mettre en appétit ; il me faut autre chose. »

Elle n'osa pas lui résister, et mit au feu une grande marmite pleine de lard, qu'elle servit dès qu'il fut cuit. « À la bonne heure, dit-il, voilà une bouchée à manger. » Et il avala tout, sans que sa faim en fût encore apaisée.

Alors il dit à son père : « Je vois bien qu'il n'y a pas chez vous de quoi me nourrir. Procurez-moi seulement une barre de fer assez forte pour que je ne la brise pas sur mon genou, et je m'en irai courir le monde. »

Le paysan était ravi. Il attela ses deux chevaux à sa charrette, et rapporta de chez le forgeron une barre de fer si grande et si épaisse que c'était tout ce que les chevaux pouvaient porter. Le jeune homme la prit, et ratch ! il la brisa sur son genou comme un fétu et jeta les morceaux de côté. Le père attela quatre chevaux, et rapporta une autre barre de fer qu'ils avaient peine à traîner. Mais son fils la brisa encore sur son genou en disant : « Celle-ci ne vaut rien encore ; allez m'en chercher une plus forte. » Enfin, le père mit huit chevaux, et en rapporta une que l'attelage transportait à peine. Quand le fils l'eut prise dans sa main, il en cassa un petit bout à l'extrémité et dit à son père : « Je vois bien que vous ne pouvez pas me procurer une barre de fer comme il m'en faut. Je m'en vais de chez vous. »

Pour courir le monde, il se fit compagnon forgeron. Il arriva dans un village où il y avait un forgeron avare, ne donnant jamais rien à personne et voulant toujours tout garder pour lui tout seul. Il se présenta dans sa forge et lui demanda de l'ouvrage. Le maître était ravi de voir un homme si vigoureux, comptant qu'il donnerait un bon coup de marteau et gagnerait bien son argent. « Combien veux-tu de gages ? lui demanda-t-il.

— Rien, répondit le garçon ; seulement, à chaque quinzaine, quand on payera les autres, je veux te donner deux coups de poing que tu seras obligé de recevoir. »

L'avare était enchanté du marché, qui épargnait son argent. Le lendemain, ce fut au compagnon étranger à donner le premier coup de marteau : quand le maître eut apporté la barre de fer rouge, il frappa un tel coup que le fer s'écrasa et s'éparpilla ; et l'enclume en fut enfoncée en terre si profondément, qu'on ne put jamais la retirer. Le maître, en colère, lui dit : « Tu ne peux pas faire mon affaire, tu frappes trop fort. Que veux-tu que je te paye pour l'unique coup de marteau que tu as donné ?

— Je ne veux que te donner un petit coup, pas davantage. »

Et il lui donna un coup de pied qui le fit sauter par-dessus quatre voitures de foin. Puis il chercha la plus grosse barre de fer qu'il pût trouver dans la forge, et la prenant à sa main comme un bâton, il continua sa route.

Un peu plus loin, il arriva à une ferme et demanda au fermier s'il n'avait pas besoin d'un maître valet. « Oui, dit le fermier, il m'en manque un. Tu m'as l'air d'un vigoureux gaillard, qui entend déjà la besogne. Mais combien veux-tu de gages ? » Il répondit qu'il ne demandait pas de gages, mais le pouvoir de donner tous les ans au fermier trois coups que celui-ci s'engagerait à recevoir. Le fermier fut ravi de ce marché, car c'était encore un avaricieux.

Le lendemain matin, il fallait aller chercher du bois dans la forêt ; les autres valets étaient déjà debout, mais notre jeune homme était encore couché dans son lit. Un d'eux lui cria : « Lève-toi, il est temps ; nous allons au bois, il faut que tu viennes avec nous.

— Allez devant, répondit-il brusquement, je serai encore de retour avant vous. »

Les autres allèrent trouver le fermier et lui racontèrent que son maître valet était encore couché et ne voulait pas les suivre au bois. Le fermier leur dit d'aller l'éveiller encore une fois et de lui donner l'ordre d'atteler les chevaux. Mais le maître valet répondit de nouveau : « Allez devant, je serai de retour avant vous. »

Il resta couché encore deux heures ; au bout de ce temps, il se leva, alla cueillir deux boisseaux de pois, et s'en fit une bonne bouillie qu'il mangea paisiblement, après quoi il attela les chevaux pour conduire la charrette au bois. Pour arriver à la forêt, il fallait prendre un chemin creux ; il y fit d'abord passer sa charrette, puis, arrêtant les chevaux, il revint par derrière et boucha la route avec un abatis d'arbres et de broussailles, si bien qu'il n'y avait plus moyen de passer. Quand il entra dans la forêt, les autres s'en retournaient avec leurs charrettes chargées. Il leur dit : « Allez, allez toujours, je serai à la maison avant vous. » Et, sans pousser plus loin, il se contenta d'arracher deux arbres énormes qu'il jeta sur sa charrette, puis il prit le chemin du retour. Quand il arriva devant l'abatis qu'il avait préparé, les autres y étaient arrêtés et ne pouvaient pas passer. « Eh bien ! leur dit-il, si vous étiez restés comme moi ce matin, vous auriez dormi une heure de plus, et vous n'en seriez pas rentrés plus tard ce soir. » Et comme ses chevaux ne pouvaient plus avancer, il les détela, les mit sur une charrette, et, prenant lui-même le timon à la main, il entraîna tout cela comme une poignée de plumes. Quand il fut de l'autre côté : « Vous voyez, dit-il aux autres, que je m'en tire plus vite que vous » ; et il continua son chemin sans les attendre. Arrivé dans la cour, il prit un arbre dans sa main et le montra au fermier, en disant : « N'est-ce pas une jolie bûche ? » Le fermier dit à sa femme : « C'est un bon serviteur ; s'il se lève plus tard que les autres, il est de retour avant eux. »

Il servit le fermier pendant un an. Quand l'année fut expirée et que les autres valets reçurent leurs gages, il demanda aussi à se payer des siens. Mais le fermier, terrifié de la perspective des coups à recevoir, le pria instamment de lui en faire la remise, lui déclarant qu'il aimerait mieux devenir lui-même son valet, et le faire fermier à sa place. « Non, répondit-il, je ne veux pas être fermier ; je suis maître valet et je veux rester tel ; mais ce qui a été convenu doit être exécuté. »

Le fermier offrit de lui donner tout ce qu'il demanderait ; mais ce fut en vain ; il répondit toujours : « Non. » Le fermier, ne sachant plus à quel saint se vouer, réclama un répit de quinze jours pour chercher quelque échappatoire ; l'autre y consentit. Alors le fermier rassembla tous ses gens et leur demanda conseil. Après y avoir longuement réfléchi, ils répondirent qu'avec un tel maître valet personne n'était sûr de sa vie, et qu'il tuerait un homme comme une mouche. Ils étaient donc d'avis qu'il fallait le faire descendre dans le puits, sous prétexte de le nettoyer, et, une fois qu'il serait en bas, lui jeter sur la tête des meules de moulin qui étaient déposées près de là, de façon à le tuer sur la place.

Le conseil plut au fermier, et le maître valet s'apprêta à descendre dans le puits. Quand il fut au fond, ils lui jetèrent des meules énormes, et ils lui croyaient la tête écrasée ; mais il cria d'en bas : « Chassez les poules de là-haut ; elles grattent dans la sable et m'en envoient des grains dans les yeux ; j'en suis aveuglé. » Le fermier fit : « Chou ! chou ! » comme s'il avait chassé les poules. Quand le maître valet eut fini et qu'il fut remonté : « Voyez, dit-il, mon beau collier. » C'était la plus grande des meules qu'il avait autour du cou.

Le maître valet exigeait toujours ses gages, mais le fermier lui demanda encore quinze jours de réflexion. Ses gens lui conseillèrent d'envoyer le jeune homme au moulin enchanté pour y faire moudre son grain pendant la nuit ; personne n'en était encore sorti vivant le lendemain. Cet avis plut au fermier, et à l'instant même il commanda à son valet de porter huit boisseaux de blé au moulin et de les faire moudre pendant la nuit, parce qu'on en avait besoin tout de suite. Le valet mit deux boisseaux de blé dans sa poche droite, deux dans sa poche gauche, en chargea quatre dans un bissac, deux par devant et deux par derrière, et ainsi lesté, il se rendit au moulin. Le meunier lui dit qu'on pouvait bien moudre pendant le jour, mais non pendant la nuit, et que ceux qui s'y étaient risqués avaient été tous trouvés morts le lendemain. « Je n'y mourrai pas, moi, répondit-il ; allez vous coucher et dormez sur les deux oreilles. » Et entrant dans le moulin, il engrena son blé comme s'il ne se fût agi de rien.

Vers onze heures du soir, il entra dans le bureau du meunier et s'assit sur le banc. Mais au bout d'un instant, la porte s'ouvrit d'elle-même, et il vit entrer une grande table, sur laquelle se posèrent tout seuls des plats et des bouteilles remplis d'excellentes choses, sans qu'il parût personne pour les apporter. Les tabourets se rangèrent aussi autour de la table, toujours sans que personne apparût ; mais à la fin le jeune homme vit des doigts, sans rien de plus, qui chargeaient les assiettes et s'escrimaient dessus avec les fourchettes et les couteaux. Comme il avait faim et que les plats fumaient, il se mit aussi à table et mangea à son appétit.

Quand il eut fini de souper et que les plats vides annoncèrent que les invisibles avaient fini également, il entendit distinctement qu'on soufflait les lumières, et elles s'éteignirent toutes à la fois ; alors, dans l'obscurité, il sentit sur sa joue quelque chose comme un soufflet. « Si l'on recommence, dit-il tout haut, je m'y mets aussi. » Il en reçut cependant un second, et alors il riposta. Les soufflets donnés et rendus continuèrent toute la nuit, et le jeune géant ne s'épargna pas à ce jeu. Au point du jour tout cessa. Le meunier arriva et s'étonna de le trouver encore en vie. « Je me suis régalé, lui dit le géant ; j'ai reçu des soufflets, mais je les ai bien rendus. »

Le meunier était plein de joie, car son moulin était délivré ; il voulait donner au géant beaucoup d'argent pour le remercier. « De l'argent ! dit celui-ci, je n'en veux pas ; j'en ai plus qu'il ne m'en faut. » Et, prenant ses sacs de farine sur son dos, il retourna à la ferme et déclara au fermier que sa commission était finie et qu'il voulait ses gages.

Le fermier était bien effrayé ; il ne pouvait tenir en place, il allait et venait dans la chambre et les gouttes de sueur lui tombaient du front. Pour respirer un peu, il ouvrit la fenêtre ; mais, avant qu'il eût le temps de se méfier, le maître valet lui donna un coup qui l'envoya par la fenêtre dans les airs, où il monta toujours jusqu'à ce qu'on le perdît de vue. Alors le maître valet dit à la fermière : « À votre tour, le second coup sera pour vous.

— Non, non, s'écria-t-elle, on ne frappe pas les femmes ! » Et elle ouvrit l'autre fenêtre, car la sueur lui coulait aussi du front ; mais le coup qu'elle reçut l'envoya dans les airs encore plus haut que son mari, parce qu'elle était plus légère. Son mari lui criait : « Viens avec moi », et elle lui répondait : « Viens avec moi, toi ; je ne peux pas y aller, moi. » Et ils continuèrent à flotter dans l'air sans parvenir à se rejoindre ; et peut-être y flottent-ils encore.

Quant au jeune géant, il prit sa barre de fer et se remit en route.

MONSIEUR POINTU

Mr Pointu était un petit homme maigre et actif qui ne se donnait pas un instant de repos. Un nez retroussé faisait seul saillie sur son visage pâle et criblé par la petite vérole ; ses cheveux étaient gris et hérissés ; ses petits yeux lançaient toujours des éclairs à droite et à gauche. Il remarquait tout, critiquait tout, savait tout mieux que personne et avait toujours raison. En passant dans les rues, il agitait les bras avec tant d'ardeur qu'un jour il attrapa un seau d'eau qu'une jeune fille portait et le fit sauter en l'air, si bien qu'il en fut tout inondé. « Petite sotte, lui cria-t-il en se secouant, ne pouvais-tu pas voir que je venais derrière toi ? »

De son état il était cordonnier, et, quand il travaillait, il tirait le ligneul avec une telle violence qu'il envoyait à ceux qui ne se tenaient pas à distance honnête de grands coups de poing dans les côtes. Aucun ouvrier ne pouvait rester plus d'un mois chez lui, parce qu'il trouvait toujours à redire à l'ouvrage le mieux fait. C'étaient des points de couture inégaux, un soulier plus long ou un talon plus haut que l'autre ; ou bien c'était le cuir qui n'avait pas été assez battu. « Attends, disait-il à l'apprenti, je vais t'apprendre comment on assouplit la peau. » Et il lui administrait sur le dos deux coups de tire-pied.

Il appelait tous ses gens paresseux, et cependant lui-même ne faisait pas grande besogne, car il ne tenait pas deux minutes en place. Si sa femme s'était levée matin et avait allumé le feu, il sautait du lit et courait nu-pieds dans la cuisine. « Veux-tu donc brûler la maison ? lui criait-il, voilà un feu à rôtir un bœuf ! on dirait que le bois ne coûte rien. »

Si les servantes, occupées à laver, riaient ensemble autour de la cuve en se racontant les nouvelles, il les tançait d'importance : « Les voilà parties, les sottes oies ! elles font aller leur bec, et pour le caquet, elles oublient leur ouvrage. Et le savon, que devient-il dans l'eau ? Gaspillage et paresse ! elles épargnent leurs mains et se dispensent de frotter le linge ! » Et, dans sa colère, il trébuchait contre un seau plein de lessive, et la cuisine en était inondée.

On bâtissait une maison neuve en face de chez lui ; de sa fenêtre il surveillait les travaux. « Ils emploient du sable rouge qui ne séchera pas, s'écriait-il ; on ne se portera jamais bien dans cette maison-là ; voyez comme les maçons posent leurs pierres de travers ! Le mortier ne vaut rien ; c'est du gravier, non du sable, qu'il faut. Je vivrai assez pour voir cette maison-là tomber sur la tête de ses habitants ! » Il faisait par là-dessus deux points à son ouvrage ; mais tout à coup il se levait encore et ôtait précipitamment son tablier de cuir en disant : « Il faut absolument que j'aille leur dire leur fait. » Il tombait sur les charpentiers : « Qu'est-ce que cela veut dire ? rien n'est d'aplomb dans votre charpente ; est-ce que vous croyez que ces solives-là tiendront ? tout se détraquera d'un moment à l'autre. »

Il a pris une hache entre les mains d'un charpentier et veut lui montrer comment on doit s'y prendre, quand une voiture chargée de terre glaise vient à passer ; il jette là la hache pour courir après le charretier : « Êtes-vous fou ? lui crie-t-il ; y a-t-il du bon sens d'atteler de jeunes chevaux à une voiture surchargée comme celle-ci ? Les pauvres bêtes vont crever sur la place ! » Le charretier ne !ui répond pas ; Mr Pointu rentre tout en colère dans sa boutique.

Comme il va se rasseoir, son apprenti lui présente un soulier. « Qu'est-ce encore que cela ? lui crie-t-il ; ne t'ai-je pas défendu de découper les souliers si bas ? Qui est-ce qui achètera une pareille chaussure ? ce n'est plus qu'une semelle ! J'entends que mes ordres soient exécutes à la lettre.

— Monsieur, répond l'apprenti, vous avez raison, sans doute ; ce soulier ne vaut rien ; mais c'est celui que vous venez de tailler et de coudre vous-même. Vous l'avez fait tomber tout à l'heure en vous levant, et je n'y ai touché que pour le ramasser ; mais un ange du ciel ne parviendrait pas à vous satisfaire. »

Mr Pointu rêva une nuit qu'il était mort et sur la route du paradis. En arrivant à la porte il frappa, et saint Pierre ouvrit pour voir qui était là. « Ah ! c'est vous, dit-il, monsieur Pointu ; je vais vous faire entrer. Mais, je vous en avertis, ne critiquez rien de ce que vous verrez dans le ciel, autrement il vous arriverait malheur.

— Vous auriez pu vous dispenser de cet avertissement, répliqua Mr Pointu, je connais les convenances, et, Dieu merci, tout est parfait ici ; ce n'est pas comme sur la terre. »

Il entra donc et se mit à parcourir les vastes espaces du ciel. Il regardait de tous côtés, à droite et à gauche ; mais il ne pouvait de temps en temps s'empêcher de hocher la tête et de grommeler entre ses dents. Il aperçut enfin deux anges qui portaient une grosse pièce de bois. C'était une poutre qu'un homme avait eue dans l'œil pendant qu'il cherchait une paille dans celui de son voisin. Mais les anges, au lieu de la porter dans sa longueur, la tenaient de côté. « A-t-on jamais vu pareille maladresse ? pensa Mr Pointu. Cependant il se tut et s'apaisa en se disant : « Au fond, c'est tout un ; qu'on porte la poutre droit devant soi ou de côté, pourvu qu'on arrive sans encombre ; et en vérité je vois qu'ils ne heurtent nulle part. »

Plus loin, il vit deux anges qui puisaient de l'eau dans un seau percé et fuyant de tous les côtés. Ils faisaient ainsi de la pluie pour arroser la terre. « Par tous les diables !... » s'écria-t-il ; mais il s'arrêta heureusement en réfléchissant que c'était probablement un jeu : « Pour se distraire, disait-il en lui-même, on peut bien faire des choses inutiles, surtout ici, où je vois bien que la paresse règne sans partage. »

Plus loin encore, il vit une voiture embourbée dans un trou profond. « Ce n'est pas étonnant, dit-il à l'homme qui était auprès ; elle est si mal chargée ! Qu'est-ce que vous portez là ?

— De bonnes pensées. Je n'ai pas pu les amener à bien ; mais heureusement j'ai fait monter ma voiture jusqu'ici ; on ne m'y laissera pas dans l'embarras. »

En effet, il vint un ange qui attela deux chevaux devant la voiture. « Très bien, dit Mr Pointu ; mais deux chevaux ne suffiront pas ; il en faudrait au moins quatre. »

Un autre ange arriva avec deux autres chevaux ; mais, au lieu de les atteler aussi par-devant, il les attela par-derrière. Cette fois, c'était trop fort pour Mr Pointu : « Têtebleu ! s'écria-t-il, que fais-tu là ? A-t-on jamais vu atteler ainsi, depuis que le monde est monde ? Mais, dans leur aveugle orgueil, ils croient tout savoir mieux que les autres. » Il allait continuer, mais un des célestes habitants le saisit au collet et le lança dans les airs avec une force irrésistible. Cependant il eut encore le temps d'apercevoir par-dessous la porte la voiture qui était enlevée en l'air par quatre chevaux ailés.

À ce moment, Mr Pointu s'éveilla. « Le ciel, se disait-il en lui-même, n'est pas tout à fait semblable à la terre, et il y a bien des choses qu'on y croirait mauvaises et qui sont bonnes au fond. Mais, malgré tout, qui pourrait voir de sang-froid atteler des chevaux des deux côtés opposés d'une voiture ? ils avaient des ailes, soit ; mais je ne l'avais pas vu d'abord. Et, en tout cas, c'est une fière sottise que de donner deux ailes à des chevaux qui ont déjà quatre jambes. Mais il faut que je me lève ; autrement tout irait de travers ici. C'est bien heureux, en vérité, que décidément je ne sois pas mort ! »

LE LIÈVRE ET LE HÉRISSON

Cette histoire, enfants, va vous paraître un mensonge, et pourtant elle est vraie ; car mon grand-père, de qui je la tiens, ne manquait jamais, quand il me la racontait, d'ajouter : « Il faut pourtant qu'elle soit vraie, sans cela on ne la raconterait pas. » Voici l'histoire, telle qu'elle s'est passée.

C'était dans une matinée d'été, pendant le temps de la moisson, précisément quand le sarrasin est en fleur. Le soleil brillait dans le ciel, le vent du matin soufflait sur les blés, les alouettes chantaient dans l'air, les abeilles bourdonnaient dans le sarrasin, et les gens se rendaient à l'église dans leur toilette du dimanche, et toutes les créatures étaient en joie, et le hérisson aussi.

Mais le hérisson se tenait devant sa porte ; il avait les bras croisés, regardait couler le temps, et chantait sa petite chanson, ni mieux ni plus mal que ne chante un hérisson par une belle matinée de dimanche. Tandis qu'il chantait ainsi à demi voix, il eut l'idée assez hardie vraiment, pendant que sa femme lavait et habillait les enfants, de faire quelques pas dans la plaine et d'aller voir comment poussaient ses navets. Les navets étaient tout près de sa maison, et il était dans l'habitude d'en manger, lui et sa famille ; aussi les regardait-il comme lui appartenant. Aussitôt dit, aussitôt fait. Le hérisson ferma la porte derrière lui, et se mit en route. Il était à peine hors de chez lui et il allait justement tourner un petit buisson qui bordait le champ où étaient les navets, quand il rencontra le lièvre, qui était sorti dans une intention toute semblable pour aller visiter ses choux. Quand le hérisson aperçut le lièvre, il lui souhaita amicalement le bonjour. Mais le lièvre, qui était un grand personnage à sa manière, et de plus très fier de son naturel, ne rendit pas le salut au hérisson, mais lui dit, et d'un air extrêmement moqueur : « Comment se fait-il que tu coures comme cela les champs par une si belle matinée ?

— Je vais me promener, dit le hérisson.

— Te promener ! dit en riant le lièvre ; il me semble qu'il te faudrait pour cela d'autres jambes. »

Cette réponse déplut extraordinairement au hérisson ; car il ne se fâchait jamais, excepté quand il était question de ses jambes, précisément parce qu'il les avait torses de naissance. « Tu t'imagines peut être, dit-il au lièvre, que tes jambes valent mieux que les miennes ?

— Je m'en flatte, dit le lièvre.

— C'est ce qu'il faudrait voir, repartit le hérisson ; je parie que si nous courons ensemble, je courrai mieux que toi.

— Avec tes jambes torses ? tu veux te moquer, dit le lièvre ; mais soit, je le veux bien, si tu en as tant d'envie. Que gagerons-nous ?

— Un beau louis d'or et une bouteille de brandevin, dit le hérisson.

— Accepté, dit le lièvre ; tope, et nous pouvons en faire l'épreuve sur-le-champ.

— Non, cela n'est pas si pressé, dit le hérisson ; je n'ai encore rien pris ce matin ; je veux d'abord rentrer chez moi et manger un morceau ; dans une demi-heure je serai au rendez-vous. »

Le lièvre y consent, et le hérisson s'en va. En chemin, il se disait : « Le lièvre se fie à ses longues jambes, mais je lui jouerai un tour. Il fait son important, mais ce n'est qu'un sot, et il le payera. »

En arrivant chez lui, le hérisson dit donc à sa femme : « Femme, habille-toi vite ; il faut que tu viennes aux champs avec moi.

— Qu'y a-t-il donc ? dit la femme.

« — J'ai parlé avec le lièvre un beau louis d'or et une bouteille de brandevin que je courrais mieux que lui, et il faut que tu sois de la partie.

— Bon Dieu ! mon homme, dit du haut de sa tête la femme au hérisson, es-tu dans ton bon sens ou as-tu perdu la cervelle ? Comment prétends-tu lutter à la course avec le lièvre ?

— Silence, ma femme, dit le hérisson ; c'est mon affaire. Ne te mêle pas de ce qui regarde les hommes. Marche, habille-toi et partons ensemble. »

Que pouvait faire la femme du hérisson ? Il fallait bien obéir, qu'elle en eût envie ou non.

Comme ils cheminaient ensemble, le hérisson dit à sa femme : « Fais bien attention à ce que je vais te dire. Nous allons courir dans cette grande pièce de terre que tu vois. Le lièvre court dans un sillon et moi dans l'autre, nous partirons de là-bas. Tu n'as qu'à te tenir cachée dans le sillon, et, quand le lièvre arrivera près de toi, tu te montreras à lui en criant : "Me voilà !" »

Tout en disant cela ils étaient arrivés ; le hérisson marqua à sa femme la place qu'elle devait tenir et il remonta le champ. Quand il fut au bout, il y trouva le lièvre, qui lui dit : « Allons-nous courir ?

— Sans doute, reprit le hérisson.

— En route donc. »

Et chacun se plaça dans son sillon. Le lièvre dit : « Une, deux, trois ! » et partit comme un tourbillon, arpentant le terrain. Le hérisson fit trois pas à peu près, puis se tapit dans le sillon et y demeura coi.

Quand le lièvre fut arrivé à de grandes enjambées au bout de la pièce de terre, la femme du hérisson lui cria : « Me voilà ! » Le lièvre fut tout étonné et s'émerveilla fort. Il croyait bien entendre le hérisson lui-même, car la femme ressemblait parfaitement à son mari.

Le lièvre dit : « Le diable est là pour quelque chose. » Il cria : « Recommençons ; encore une course. » Et il courut encore, partant ainsi qu'un tourbillon, si bien que ses oreilles volaient au vent. La femme du hérisson ne bougea pas de sa place. Quand le lièvre arriva à l'autre bout du champ, le hérisson lui cria : « Me voilà ! » Le lièvre, tout hors de lui, dit : « Recommençons, courons encore.

— Je ne dis pas non, reprit le hérisson ; je suis prêt à continuer tant qu'il te plaira. »

Le lièvre courut ainsi soixante-treize fois de suite, et le hérisson soutint la lutte jusqu'à la fin. Chaque fois que le lièvre arrivait à un bout ou à l'autre du champ, le hérisson ou sa femme disaient toujours : « Me voilà ! »

À la soixante-quatorzième fois, le lièvre ne put achever. Au milieu des champs, il roula à terre ; le sang lui sortait par le cou, et il expira sur la place. Le hérisson prit le louis d'or qu'il avait gagné et la bouteille de brandevin ; il appela sa femme pour la faire sortir de son sillon ; tous deux rentrèrent très contents chez eux, et, s'ils ne sont morts depuis, ils vivent encore.

C'est ainsi que le hérisson, dans la lande de Buxt-chude[1], courut si bien qu'il fit mourir le lièvre à la peine, et depuis ce temps-là aucun lièvre ne s'est avisé de défier à la course un hérisson de Buxtchude.

La morale de cette histoire, c'est d'abord que nul, si important qu'il s'imagine être, ne doit s'aviser de rire aux dépens d'un plus petit, fût-ce un hérisson ; et, secondement qu'il est bon, si vous songez à prendre une femme, de la prendre dans votre condition et toute semblable à vous. Si donc vous êtes hérisson, ayez bien soin que votre femme soit hérissonne, et de même pour toutes les espèces.

---

1. Pays dont les habitants sont accusés d'être les Béotiens de l'Allemagne (Note du traducteur).

LA TOMBE

Un riche fermier était un jour devant sa porte, considérant ses champs et ses jardins ; la plaine était couverte de ses moissons et ses arbres étaient chargés de fruits. Le blé des années précédentes encombrait tellement ses greniers que les poutres des planchers cédaient sous le poids. Ses étables étaient pleines de bœufs à l'engrais, de vaches grasses et de chevaux reluisants de santé. Il entra dans sa chambre et jeta les yeux sur le coffre-fort dans lequel il enfermait son argent. Mais, comme il était absorbé dans la contemplation de ses richesses, il crut entendre une voix qui lui disait : « Avec tout cet or, as-tu rendu heureux ceux qui t'entouraient ! as-tu songé à la misère des pauvres ! as-tu partagé ton pain avec ceux qui avaient faim ? T'es-tu contenté de ce que tu possédais, et n'en as-tu jamais envie davantage ? »

Son cœur n'hésita pas à répondre : « j'ai toujours été dur et inexorable ; je n'ai jamais rien fait pour mes parents ni pour mes amis. Je n'ai jamais songé à Dieu, mais uniquement à augmenter mes richesses. J'aurais possédé le monde entier, que je n'en aurais pas encore eu assez. »

Cette pensée l'effraya, et les genoux lui tremblaient si fort qu'il fut contraint de s'asseoir. En même temps on frappa à la porte. C'était un de ses voisins, un pauvre homme, chargé d'enfants qu'il ne pouvait plus nourrir. « Je sais bien, pensait-il, que mon voisin est encore plus dur qu'il n'est riche ; sans doute il me repoussera, mais mes enfants me demandent du pain, je vais essayer. »

Il dit au riche : « Vous n'aimez pas à donner, je ne l'ignore pas ; mais je m'adresse à vous en désespoir de cause, comme un homme qui va se noyer saisit toutes les branches : mes enfants ont faim, prêtez-moi quatre boisseaux de blé. »

Un rayon de pitié fondit pour la première fois les glaces de ce cœur avare : « Je ne t'en prêterai pas quatre boisseaux, répondit-il, je t'en donnerai huit, mais à une condition…

— Laquelle ? demanda le pauvre.

— C'est que tu passeras les trois premières nuits après ma mort à veiller sur ma tombe. »

La commission ne souriait guère au pauvre homme ; mais, dans le besoin où il était, il aurait consenti à tout. Il promit donc, et emporta le blé chez lui.

Il semblait que le fermier eût prévu l'avenir ; car trois jours après, il mourut subitement, et personne ne le regretta. Quand il fut enterré, le pauvre homme se souvint de sa promesse ; il aurait bien voulu s'en dispenser, mais il se dit : « Cet homme a été généreux envers moi, il a nourri mes enfants de son pain ; d'ailleurs j'ai donné ma parole et je dois la tenir. » À la chute du jour, il alla dans le cimetière et s'établit sur la tombe. Tout était tranquille, la lune éclairait les tombeaux, et de temps à autre un hibou s'envolait en poussant des cris funèbres. Au lever du soleil, il rentra chez lui sans avoir couru aucun danger, et la deuxième nuit se passa de même.

Le soir du troisième jour, il sentit une secrète appréhension, comme s'il allait se passer quelque chose de plus. En entrant dans le cimetière, il aperçut, le long du mur, un homme d'une quarantaine d'années, au visage balafré et aux yeux vifs et perçants, enveloppé dans un vieux manteau sous lequel on voyait passer seulement de grandes bottes de cavalier. « Que cherchez-vous ici ? lui cria le paysan ; n'avez-vous pas peur dans ce cimetière ?

— Je ne cherche rien, répondit l'autre ; mais de quoi aurais-je peur ? Je suis un pauvre soldat congédié, et je vais passer la nuit ici, parce que je n'ai pas d'autre gîte.

« — Eh bien ! dit le paysan, puisque vous n'avez pas peur, venez m'aider à garder cette tombe.

— Volontiers, répondit le soldat ; monter la garde, c'est mon métier. Restons ensemble, nous partagerons le bien comme le mal qui se présentera. »

Ils s'assirent tous deux sur le tombeau.

Tout resta tranquille jusqu'à minuit. À ce moment, on entendit dans l'air un coup de sifflet aigu, et les deux gardiens virent devant eux le diable en personne. « Hors d'ici, canailles, leur cria-t-il ; ce mort m'appartient, je vais le prendre, et, si vous ne décampez au plus vite, je vous tords le cou.

— Seigneur à la plume rouge, lui répondit le soldat, vous n'êtes pas mon capitaine ; je n'ai pas d'ordres à recevoir de vous, et vous ne me ferez pas peur. Passez votre chemin, nous restons ici. »

Le diable pensa qu'avec de l'argent il viendrait à bout de ces deux misérables, et prenant un ton plus doux, il leur demanda tout familièrement si, moyennant une bourse pleine d'or, ils ne consentiraient pas à s'éloigner. « À la bonne heure, reprit le soldat, voilà qui est parler, mais une bourse d'or ne nous suffit pas ; nous ne quitterons la place que si vous nous en donnez de quoi remplir une de mes bottes.

— Je n'ai pas sur moi ce qu'il faut, dit le diable ; mais je vais en aller chercher. Dans la ville ici près demeure un usurier de mes amis qui m'avancera volontiers la somme. »

Quand le diable fut parti, le soldat tira sa botte gauche en disant : « Nous allons lui jouer un tour de vieille guerre. Compère, donnez-moi votre couteau. » Il coupa la semelle de la botte et posa la tige toute dressée dans les hautes herbes, contre une tombe voisine. « Tout va bien, dit-il ; maintenant le noir ramoneur peut revenir. »

Ils n'attendirent pas longtemps : le diable arriva avec un petit sac d'or à la main. « Versez, dit le soldat en haussant un peu la botte ; mais ce ne sera pas assez. »

Le malin vida le sac, mais l'or tomba par terre et la botte resta vide. « Imbécile, lui cria le soldat, cela ne suffit pas, je te l'avais bien dit. Retourne en chercher et rapportes-en davantage. »

Le diable partit en secouant la tête, et revint au bout d'une heure avec un bien plus gros sac sous le bras. « Voilà qui vaut mieux, dit le soldat ; mais je doute que cela remplisse encore la botte. »

L'or tomba en résonnant, mais la botte resta vide. Le diable s'en assura lui-même en y regardant avec des yeux ardents. « Quels effrontés mollets as-tu donc ? s'écria-t-il en faisant la grimace.

— Voudrais-tu, répliqua le soldat, me voir un pied de bouc comme le tien ? Depuis quand es-tu devenu avare ? Allons, va chercher d'autres sacs, ou sinon pas d'affaire entre nous. »

Le maudit s'éloigna encore. Cette fois il resta plus longtemps absent, et quand il revint à la fin, il pliait sous le poids d'un sac énorme qu'il portait sur son épaule. Il eut beau le vider dans la botte, elle se remplit moins que jamais. La colère le prit, et il allait arracher la botte des mains du soldat, quand le premier rayon du soleil levant vint éclairer le ciel. À l'instant même il disparut en poussant un grand cri. La pauvre âme était sauvée.

Le paysan voulait partager l'argent ; mais le soldat lui dit : « Donne ma part aux pauvres. Je vais aller chez toi, et avec le reste nous vivrons paisiblement ensemble, tant qu'il plaira à Dieu. »

L'OURS ET LE ROITELET

Un jour l'ours et le loup se promenaient dans le bois. L'ours entendit le chant d'un oiseau. « Frère loup, demanda-t-il, quel est ce beau chanteur ?

— C'est le roi des oiseaux, répondit le loup ; il faut le saluer. »

C'était en effet le roitelet. « S'il en est ainsi, dit l'ours, Sa Majesté doit avoir un palais ; fais-le-moi voir.

— Cela n'est pas si facile que tu penses, répliqua le loup ; il faut attendre que la reine soit rentrée. »

La reine arriva sur ces entrefaites ; elle et le roi tenaient à leur bec des vermisseaux pour nourrir leurs petits. L'ours les aurait volontiers suivis, mais le loup le retint par la manche en disant : « Non, attendons qu'ils soient ressortis. » Ils remarquèrent seulement l'endroit où se trouvait le nid, et passèrent leur chemin.

Mais l'ours n'avait pas de cesse qu'il n'eût vu le palais du roi des oiseaux ; il ne tarda pas à y retourner. Le roi et la reine étaient absents ; il risqua un coup d'œil et vit cinq ou six petits couchés dans le nid. « Est-ce là le palais ? s'écria-t-il ; c'est un triste palais ; et pour vous, vous n'êtes pas des fils de roi, mais d'ignobles petites créatures. »

Les petits roitelets furent très courroucés en entendant cela, et ils crièrent de leur côté : « Non, ours, nous ne sommes pas ce que tu dis ; nos parents sont nobles, tu payeras cher cette injure. » À cette menace, l'ours et le loup, pris de peur, se réfugièrent dans leurs trous.

Mais les petits roitelets continuaient à crier et à faire du bruit ; ils dirent à leurs parents qui leur rapportaient à manger : « L'ours est venu nous insulter ; nous ne bougerons pas d'ici et nous ne mangerons pas une miette jusqu'à ce que vous ayez rétabli notre réputation.

— Soyez tranquilles, leur dit le roi, votre honneur sera réparé. » Et, volant avec la reine jusqu'au trou de l'ours, il lui cria : « Vieux grognard, pourquoi as-tu insulté mes enfants ? Il t'en cuira, car nous allons te faire une guerre à mort. »

La guerre était déclarée ; l'ours appela à son secours l'armée des quadrupèdes, le bœuf, la vache, l'âne, le cerf, le chevreuil et tous leurs pareils. De son côté, le roitelet convoqua tout ce qui vole dans les airs, non seulement les oiseaux grands et petits, mais encore les insectes ailés, tels que mouches, cousins, abeilles et frelons.

Comme le jour de la bataille approchait, le roitelet envoya des espions pour savoir quel était le général de l'armée ennemie. Le cousin était le plus fin de tous ; il vola dans le bois à l'endroit où l'ennemi se rassemblait, et se cacha sous une feuille d'un arbre auprès duquel on délibérait. L'ours appela le renard et lui dit : « Compère, tu es le plus rusé de tous les animaux ; c'est toi qui seras notre général.

— Volontiers, dit le renard, mais de quel signal conviendrons-nous ? » Personne ne dit mot. « Eh bien ! continua-t-il, j'ai une belle queue longue et touffue comme un panache rouge : tant que je la tiendrai levée en l'air, les choses iront bien et vous marcherez en avant ; mais si je la baisse par terre, ce sera le signal de sauve-qui-peut. »

Le cousin, qui avait bien écouté, revint raconter tout de point en point au roitelet.

Au lever de l'aurore, les quadrupèdes accoururent sur le champ de bataille en galopant si fort que la terre en tremblait. Le roitelet apparut dans les airs avec son armée qui bourdonnait, criait, volait de tous côtés de façon à donner le vertige ; on s'attaqua avec fureur. Mais le roitelet dépêcha le frelon, avec ordre de se planter sous la queue du renard et de le piquer de toutes ses forces. Au premier coup d'aiguillon, le renard ne put s'empêcher de faire un bond, mais en tenant toujours sa queue en l'air ; au deuxième, il fut contraint de la baisser un instant ; mais au troisième, il n'y put plus tenir, et il la serra entre ses jambes en poussant des cris perçants. Les quadrupèdes, voyant cela, crurent que tout était perdu, et commencèrent à s'enfuir chacun dans son trou : et ainsi les oiseaux gagnèrent la bataille.

Le roi et la reine volèrent aussitôt à leur nid et s'écrièrent : « Nous sommes vainqueurs, enfants, buvez et mangez joyeusement.

— Non, dirent les enfants, il faut d'abord que l'ours vienne nous faire des excuses et déclarer qu'il reconnaît notre noblesse. »

Le roitelet vola donc au trou de l'ours et lui dit : « Vieux grognard, tu vas venir faire des excuses devant le nid de mes enfants, et leur déclarer que tu reconnais leur noblesse ; autrement, gare à tes côtes ! » L'ours effrayé arriva en rampant et fit les excuses demandées. Alors enfin les petits roitelets furent apaisés, et ils festinèrent gaiement toute la soirée.

LES MUSICIENS DE LA VILLE DE BRÊME

Un homme avait un âne qui l'avait servi fidèlement pendant longues années, mais dont les forces étaient à bout, si bien qu'il devenait chaque jour plus impropre au travail. Le maître songeait à le dépouiller de sa peau ; mais l'âne, s'apercevant que le vent soufflait du mauvais côté, s'échappa et prit la route de Brême : « Là, se disait-il, je pourrai devenir musicien de la ville. »

Comme il avait marché quelque temps, il rencontra sur le chemin un chien de chasse qui jappait comme un animal fatigué d'une longue course. « Qu'as-tu donc à japper de la sorte, camarade ? lui dit-il.

— Ah ! répondit le chien, parce que je suis vieux, que je m'affaiblis tous les jours et que je ne peux plus aller à la chasse, mon maître a voulu m'assommer ; alors j'ai pris la clef des champs ; mais comment ferais-je pour gagner mon pain ?

— Eh bien ! dit l'âne, je vais à Brême pour m'y faire musicien de la ville, viens avec-moi et fais-toi aussi recevoir dans la musique. Je jouerai du luth, et toi tu sonneras les timbales. »

Le chien accepta et ils suivirent leur route ensemble. À peu de distance, ils trouvèrent un chat couché sur le chemin et faisant une figure triste comme une pluie de trois jours. « Qu'est-ce donc qui te chagrine, vieux frise-moustache ? lui dit l'âne.

— On n'est pas de bonne humeur quand on craint pour sa tête, répondit le chat : parce que j'avance en âge, que mes dents sont usées et que j'aime mieux rester couché derrière le poêle et filer mon rouet que de courir après les souris, ma maîtresse a voulu me noyer ; je me suis sauvé à temps ; mais maintenant que faire, et où aller ?

— Viens avec nous à Brême ; tu t'entends fort bien à la musique nocturne, tu te feras comme nous musicien de la ville. »

Le chat goûta l'avis et partit avec eux. Nos vagabonds passèrent bientôt devant une cour, sur la porte de laquelle était perché un coq qui criait du haut de sa tête. « Tu nous perces la moelle des os, dit l'âne ; qu'as-tu donc à crier de la sorte ?

— J'ai annoncé le beau temps, dit le coq, car c'est aujourd'hui le jour où Notre-Dame a lavé les chemises de l'enfant Jésus et où elle doit les sécher ; mais, comme demain dimanche on reçoit ici à dîner, la maîtresse du logis est sans pitié pour moi ; elle a dit à la cuisinière qu'elle me mangerait demain en potage, et ce soir il faudra me laisser couper le cou. Aussi criè-je de toute mon haleine, pendant que je respire encore.

— Bon ! dit l'âne, crête rouge que tu es, viens plutôt à Brême avec nous ; tu trouveras partout mieux que la mort tout au moins : tu as une bonne voix, et, quand nous ferons de la musique ensemble, notre concert aura une excellente façon. »

Le coq trouva la proposition de son goût, et ils détalèrent tous les quatre ensemble. Ils ne pouvaient atteindre la ville de Brême le même jour ; ils arrivèrent le soir dans une forêt où ils comptaient passer la nuit. L'âne et le chien s'établirent sous un grand arbre, le chat et le coq y grimpèrent, et même le coq prit son vol pour aller se percher tout au haut, où il se trouverait plus en sûreté. Avant de s'endormir, comme il promenait son regard aux quatre vents, il lui sembla qu'il voyait dans le lointain une petite lumière ; il cria à ses compagnons qu'il devait y avoir une maison à peu de distance, puisqu'on apercevait une clarté. « S'il en est ainsi, dit l'âne, délogeons et marchons en hâte de ce côté, car cette auberge n'est nullement de mon goût. » Le chien ajouta : « En effet, quelques os avec un peu de viande ne me déplairaient pas. »

Ils se dirigèrent donc vers le point d'où partait la lumière ; bientôt ils la virent briller davantage et s'agrandir, jusqu'à ce qu'enfin ils arrivassent en face d'une maison de brigands parfaitement éclairée. L'âne, comme le plus grand, s'approcha de la fenêtre et regarda en dedans du logis. « Que vois-tu là, grison ? lui demanda le coq.

— Ce que je vois ? dit l'âne, une table chargée de mets et de boisson, et alentour des brigands qui s'en donnent à cœur joie.

— Ce serait bien notre affaire, dit le coq.

— Oui, certes ! reprit l'âne ; ah ! si nous étions là ! »

Ils se mirent à rêver sur le moyen à prendre pour chasser les brigands ; enfin ils se montrèrent. L'âne se dressa d'abord en posant ses pieds de devant sur la fenêtre, le chien monta sur le dos de l'âne, le chat grimpa sur le chien, le coq prit son vol et se posa sur la tête du chat. Cela fait, ils commencèrent ensemble leur musique à un signal donné. L'âne se mit à braire, le chien à aboyer, le chat à miauler, le coq à chanter : puis ils se précipitèrent par la fenêtre dans la chambre en enfonçant les carreaux qui volèrent en éclats. Les voleurs, en entendant cet effroyable bruit, se levèrent en sursaut, ne doutant point qu'un revenant n'entrât dans la salle, et se sauvèrent tout épouvantés dans la forêt. Alors les quatre compagnons s'assirent à table, s'arrangèrent de ce qui restait, et mangèrent comme s'ils avaient dû jeûner un mois.

Quand les quatre instrumentistes eurent fini, ils éteignirent les lumières et cherchèrent un gîte pour se reposer, chacun selon sa nature et sa commodité. L'âne se coucha sur le fumier, le chien derrière la porte, le chat dans le foyer près de la cendre chaude, le coq sur une solive ; et, comme ils étaient fatigués de leur longue marche, ils ne tardèrent pas à s'endormir. Après minuit, quand les voleurs aperçurent de loin qu'il n'y avait plus de clarté dans leur maison et que tout y paraissait tranquille, le capitaine dit : « Nous n'aurions pas dû pourtant nous laisser ainsi mettre en déroute » ; et il ordonna à un de ses gens d'aller reconnaître ce qui se passait dans la maison. Celui qu'il envoyait trouva tout en repos ; il entra dans la cuisine et voulut allumer de la lumière ; il prit donc une allumette, et comme les yeux brillants et enflammés du chat lui paraissaient deux charbons ardents, il en approcha l'allumette pour qu'elle prît feu. Mais le chat n'entendait pas raillerie ; il lui sauta au visage et l'égratigna en jurant. Saisi d'une horrible peur, l'homme courut vers la porte pour s'enfuir ; mais le chien, qui était couché tout auprès, s'élança sur lui et le mordit à la jambe ; comme il passait dans la cour à côté du fumier, l'âne lui détacha une ruade violente avec ses pieds de derrière, tandis que le coq, réveillé par le bruit et déjà tout alerte, criait du haut de sa solive : Cocorico !

Le voleur courut à toutes jambes vers son capitaine et dit : « Il y a dans notre maison une affreuse sorcière qui a soufflé sur moi et m'a égratigné la figure avec ses longs doigts ; devant la porte est un homme armé d'un couteau, dont il m'a piqué la jambe ; dans la cour se tient un mons- tre noir, qui m'a assommé d'un coup de massue, et au haut du toit est posé le juge qui criait : "Amenez devant moi ce pendard !" Aussi me suis-je mis en devoir de m'esquiver. »

Depuis lors, les brigands n'osèrent plus s'aventurer dans la maison, et les quatre musiciens de Brême s'y trou- vèrent si bien qu'ils n'en voulurent plus sortir.

TABLE DES MATIÈRES

IMPRIMÉ EN UNION EUROPÉENNE
le 06-11-2001
N° d'impression : 9810
001/01 – Dépôt légal, novembre 2001